U0925329

王瑞山 著

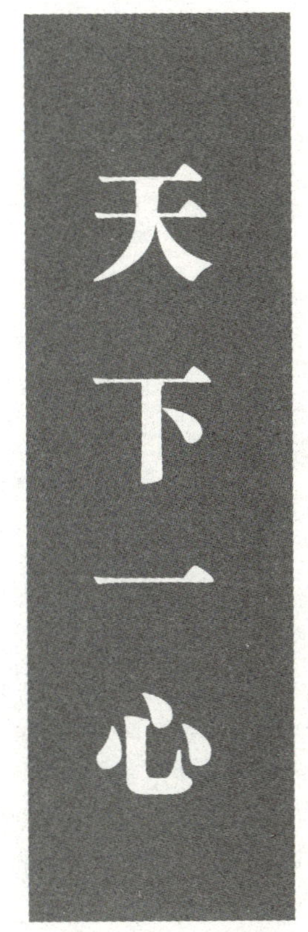

王鹏 本心初见，正用开新。

张海荣 武装头脑，指导心行。

中国文联出版社
http://www.clapnet.cn

图书在版编目（CIP）数据

天下一心 / 王瑞山著. — 北京：中国文联出版社，2016.10
ISBN 978-7-5190-2267-9

Ⅰ. ①天… Ⅱ. ①王… Ⅲ. ①随笔－作品集－中国－当代
Ⅳ. ① I267.1

中国版本图书馆 CIP 数据核字（2016）第 256509 号

天下一心

作　　者：王瑞山

出 版 人：朱　庆
终 审 人：陈宝光　　复 审 人：刘　旭
责任编辑：闫　洁　王　萌　　责任校对：傅泉泽
封面设计：吴凤利　　责任印制：陈　晨

出版发行：中国文联出版社
地　　址：北京市朝阳区农展馆南里 10 号，100125
电　　话：010-85923043（咨询）85923000（编务）85923020（邮购）
传　　真：010-85923000（总编室），010-85923020（发行部）
网　　址：http://www.clapnet.cn　　http://www.claplus.cn
E - mail：clap@clapnet.cn　　liux@clapnet.cn

印　　刷：北京文昌阁彩色印刷有限责任公司
装　　订：北京文昌阁彩色印刷有限责任公司
法律顾问：北京天驰君泰律师事务所徐波律师
本书如有破损、缺页、装订错误，请与本社联系调换

开　　本：880×1230　　1/32
字　　数：73 千字　　印 张：4.75
版　　次：2016 年 10 月第 1 版　　印 次：2016 年 10 月第 1 次印刷
书　　号：ISBN 978-7-5190-2267-9　　印 数：10000 册
定　　价：39.00 元

One spirit, One world

Tom Li

Dec. 5th 2015

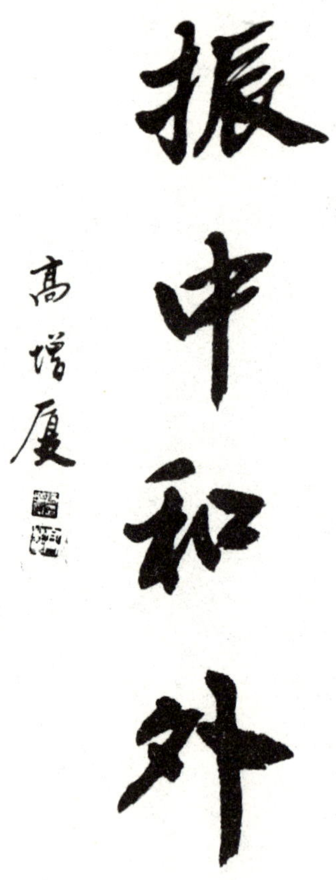

高增厦将军　原解放军总后勤部生产部部长

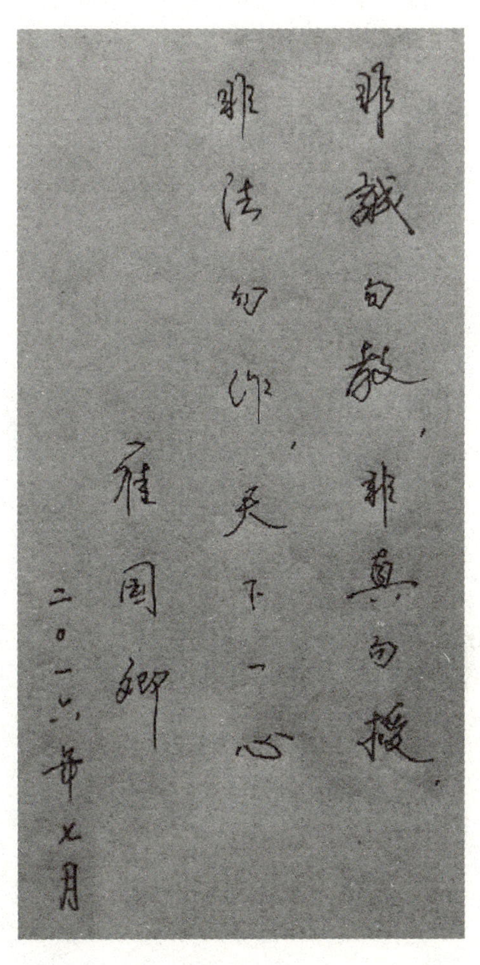

崔国卿　河北邢洪林中学教师

心含子子，行爱人人。
闪闪一念，天下一心。

出版声明：

礼！

言与谁近，谁是先生。不究版权，天下任用。

带泥草叶，不忘朝阳。秋枯乘火，同心向上。

底层土音，拙拙难工。谁人慈悲，教我真正。

特此声明。

再拜！

渤水草衣

天下一心，世界大同

陈廷佑

夫心者，人之魂魄也。诗曰：他人有心，予忖度之。孟子曰：仁义礼智根于心。中华文化主张人之初性本善，己所不欲勿施于人。故为人须诚心，民族须同心，国家须仁心。

北宋程颢创心学，上承孔孟，下启阳明，力倡知行合一。经世致用。此学派从者甚众，影响至今，更衍及东亚。

青年毛泽东应该是濡染心学日久的。从近年发现的他的遗篇《心之力》，即可窥知一二。他在此文开篇道：宇宙即我心，我心即宇宙。细微至发梢，宏大至天地。世界、宇宙乃至万物皆为思维心力所驱使。并说：若欲救民治国，虽百废待兴，惟有自强国民心力之道乃首要谋划，然民众思维心力变新、强健者是为首要之捷径！

如今时代巨变，中华文化经历了百年沧桑，正洗去风尘，焕发出勃然生机，令世界侧目。然今日之天下，已非先贤眼中之天下，面对外侵内扰，沉溺有年，自身愚昧丛生，自卑散弱之积弊，随处可见。特别是面对西人掌握话语权的世界现实，如何使我们的文化真正傲然卓立，重放光芒，是每一位中华儿女所应该思考和努力的。

中国具有自己的文化，具有不同于西方的价值体系，独特而悠久的精神世界，不可能也不应该成为别人的附庸，而是要独立自主，守候好自己的文化高地，同时大胆吸纳、转化一切好的文明成果，使中华文化得以创新性发展。

王瑞山君，自称渤水草衣，初中粮农，却遍搜古论，考证现实，求教师友，希图将自己的心路探索，以不拘文体的真实记录，和对美好生活的期望与探究，对天下一心真象、本质、原理、方法进行揭示和分析。他的这些努力，有了初步的成果。这些成果对我们复兴中华文化的当下，无疑是极其有益并应该得到重视和鼓励的。

比如：

他提出“人物统一，初问本心”。说心动序生，序列万物，如瓜之有藤，沿藤可寻根本。心序有律，如人之有脉，把脉而知身心。心序有始，始系于初，序有两端，一端内系初心，一端外系万物。

他倡导“力量问新，方向问今”。说西学东渐乘横向之势力，“资性人用”开纵向之新天。与生活上追求金钱物质与个人价值和享受，在心理上以更先进的科技来满足欲望和建立安全感，这种自身的迷茫导致了其面临方向性错误的危险。只有实事求是，开新聚力，才能补西学之不足并成就光明的理想人生。

他倡行“孝亲爱国，天下一心”。说天下一心是现实的共识。相互信任，用心沟通，则能化解矛盾并确定共识，走出追求物质利益至上迷雾，实现共同和美的目标。

西方文化认为人性恶，谓人人生来即有原罪，内则日日忏悔以省，外则繁法琐律以束。西人特别崇尚自由，其不似吾国民之强调格物致知、诚意正心。东西各执一端，互有优劣，交流融合，势在必行。令人欣慰地是，在我们大胆向西方学习的同时，如今西方不少志士仁人开始把目光投向东方，希望从中华文化中吸取营养和智慧。

正如习近平总书记说的：我们大家都能感到我们现在比历史上任何时期都更加接近中华民族伟大复兴这个目标，我们现在比历史上任何时期都有信心、都有能力实现这个目标。

在这样一个大背景下，瑞山将自己的思考辑录成册，以“天下一心”为名付梓，向天下人请教，与天下人共勉。嘱余作序，雅意难违。行文至此，以自己一首旧作，聊表贺忱：

中华独有好文明，强汉盛唐谁与争。
一自澶渊头叩下，几曾邦壤政升平。
惊雷五四存亡辩，浴血百年方向清。
运势而今翻否泰，恳同宇内共安荣。

是为序。

陈廷佑，国务院参事室、中央文史研究馆原巡视员、作家、诗人、书法家。

一　心

——为《天下一心》序

如闲喜爱书法，对汉字及传统文化多有用心、体悟颇多、见解独到。我与如闲相识，因为地缘，与之相知却缘于对易、道之学的共同兴趣和对彼此观点的理解和认同。如闲兄为人胸怀坦荡、狂放豪情、不计小节，潜心做自己的学问，崇尚唯说一心，只求“能知”不愿“被知”。所幸的是，如今他终于发愿欲将多年的“象学”见解结集出版了。然而，令我既荣幸又惶恐的是：他竟捧手稿嘱我作序！

坦率地说，我绝不是那个能为此书作序的合适人选。但凡为人作序，首先要对该命题有较全面和熟谙的了解，其次要对作者的心性、阅历有深入的体认和把握，而且作序更需要有一定的专业知识和研究作为支撑。然而，碍于如闲兄诚挚的恳求，我竟不置可否、半推半就地应承下来了。于是，我不得不搭上所有空闲时间，逐字逐句啃读每篇文章，力求更多地体悟字里行间、文字内外的涵义。然而，

《天下一心》立意极高、用词极雅、逻辑严格、引经据典、旁征博引、讽寓结合、嬉笑怒骂……能做到通读已经不易，为之作序实属为难！所以，下面的文字就当是我的读书心得或学习体会吧。

“天下一心”是中华文化碰撞的交汇点和不同学术流派“明明德”的实践过程。其中的“心”字特指“我心”，既是对自我本心的坚守，也是对外部世界的探究，是主观与客观的统一，是生命的有限和思维的无限的博弈，更是关注民生、净化心灵的大智慧。故佛语有：心即是佛，佛即是心，心佛元同亘古今；觉悟古今心是佛，不须向外别追寻。

“天下”一词始于周朝以前“天”的人格化，代指人民、疆土和邦国。《庄子·天下》中，“天下”则特指中国的社会。庄子在《天下》一文中，从“道”的层面系统评述了先秦诸子的为学、参政的方式方法，提出“求一”的观点，即“一而不可不易者，道也；神而不可不为者，天也”；“夫天下也者，万物之所一也。得其所一而同焉”；“圣有所生，王有所成，皆原于一道”。更发人深省的是，庄子在《天下》中记述的“天下大乱，贤圣不明，道德不一，天下多得一察焉以自好。譬如耳目鼻口，皆有所明，不能相通……”的情形与当今国际、社会之现状惊人地吻合！因此，我们的“天下”是时候深刻讨论文化、经济、政治的核心价值观了。

心是一面有灵性的镜子，不仅映象（相）了物质世界，也感应着思想和精神。为此，当今“心学”兴盛。“心学”二字出自明代王阳明，后经黄宗羲、顾炎武、梁启超等文化巨匠传承发扬，演化为“天下兴亡、匹夫有责”“万物一体、天下一心”的政治观。从“体”上讲，“天下一心”即是儒家的“仁”；从“用”上说，“天下一心”是“义（其本意是宜）”，其内涵实为“宜宣天下”。

《尚书》云：“人心惟危，道心惟危，惟精惟一，允执厥中。”正是这样的民族精神，我们古代的仁人志士才会“先天下之忧而忧，后天下之乐而乐”。“大道之行也，天下为公，选贤与能，讲信修睦。”正是这种精神和文化上的和谐、有序，使上至先秦诸子，下至革命志士（孙中山、毛泽东等）让天下进入大解脱的大循环之中。然而，问题也随之而来。天下在这样的循环往复、发展变化过程中，究竟如何明道、体道、悟道？如何真正践行天下一心？对于上述问题，各时代都有子学名家上下求索、考问、求解。《天下一心》在道体和道用的层面逐层展开，如一剂通调三焦的方药，发人深思，催人扼腕！

“道也者，不可须臾离也；可离，非道也。”在“道”的面前，人是无为、无知的！而“道”却是无所不能、无所不知的，她统率天地的运行，在无形之中让作为个体的人感受到她的存在，即明理。可谓“物有本末，事有终始，知所先后，则近道矣”。那么靠什么可以明理呢？当然是靠实践。直至当代几代领导集体，无不在践行“道”的规律，在循行入“道”的法门。《天下一心》的字里行间无不映射体道和悟道的法门。这的确是对“天下为公”和“为人民服务”思想的学习与体会！

读此美文，体悟“道心”“天心”“孝心”“人心”。读此美文，感受中华文化的无穷魅力，领会炎黄子孙独特的思维方式和核心价值观：阴阳中和，乾坤如道。最后用如闲微醉时吟诵的诗句结尾：

大梦大道大无踪，
不到石城道不冲；
任人任宜任自然，
道理例法方药中。

李 健

2014 年 6 月 26 日于北京中医药大学

石城：昌黎古名。

让

——致《天下一心》

山偶梦至师，持诚问道，授之。

问：何以为道？

曰：为不可知，知不可为。

问：何以为天人之道？

曰：十方世界。双立双成。薇紫为子。命不外生。志同聚力，心同聚命。内化开天，外化生精。子止返正，火生化成。锥光旋发，返得初正。混成。

问：何以为生死？

曰：往开无门，日日死生。混而沌之，王在其中。生不求死，死不恋生。以有为无者死，以无为有者死，不知有无者死。

问：可有生之道？

曰：移心换位，自不移者无不移。换位得位。得位得是，还位还是。是不外知。是重生。

问：我等凡夫，何以得位还是？

曰：学国名田。子道藏真。去我我去，悔学则成。

问：世可有大同之道？

曰：心含子子，正是一身。无邦无界，心朝一初。一宗百教，共仰一心。天下同学。万国朝真。

问：何以安邦止战？

曰：以山刺水。以正刺心。形色安国。文璧易德。飞箭击飞箭，击还不伤，化战为礼。战止。

问：何以行？

曰：粮养天下人，利让天下人。日正为藏。天下一心。

山醒，遂发心苦学，忘却寒暑。不明即梦，理通身行。以草衣之身历访四方，证悟师承。终得象学以通世间学科，理明人物统一，法创先利合营，实用心行结算，旨在习正人伦，开天下同学之局面，还天下一心之初心。综其学悟，载载墨行，直面真正，力避八股，文明序律，道破有无。今书既成，近水先睹，茶酒相对，春霖如注。复见，彩虹若天门大开，晚照与天下同温。感念初心，沾襟不觉，恍惚有闻：

青锋示正，白骨言真。
鹏来量阔，法源山根。

王鹏

二〇一六年春于学田

目　录

感　言

天上风大，天下尘多。人观天道尘障眼，天观人事人不知。细流尘声皆在心底，人人心中自有天下。此言天下，以心底之天下与眼前之天下共为天下，不以眼中之天下为心底之天下。

思开时义，学承时任。中（仄声）道直发，问道实行。动则任意，静即生情。文无废字，难免废话。先祖造字，后生用字，若有费解，定是粮农墨涸，请略过选读。文中能有一句确有裨益于读君，则不枉我累牍连篇。

亘古及今，天下民人生于同一宇宙之间，共居于同一寰球之上，却未曾有共同之文明社会。今虽有互联网络，却未有统一共同之理想，惜不以网络求得同心通志而沦为孔方兄之工具。因则，敬畏古今文明之人物资源，崇尚天下同学之向上精神，顺应天下和生之新新方向，以一心表里之实，顶天立地之是，正已照今，正行照人，开发创造。《记》曰："通于一而万事毕，无心得而鬼神服"【○】，天下一心，实乃天下今命回家之路，浮身务本之心。心到来处去，行到去处来，以明确心行之方向。行到来处去，心到去处来以明确心行之伦理，求得本原。如则往复循环，实谓得德，名谓得道而不私一身。唯可惜：往圣先贤追古去，孤遗其修于后人，难再抚琴挥酒同醉饮，空剩下清明垂雨醒泪人。怯懦俗肉空遗恨，积极君子莫叹息！世事史实无不成为后日之闲谈呓语、笑料酒资而已，且待你我与谈笑之间小饮它七八杯，再追梦而去求个明白。

天下一心，无关极权，无关强力，无关财富等外力。人人认真学习，同心同学，学不离正足矣，除指导学习之外的名词和途径多与本《天下一心》无关。

兹《天下一心》，意请偶欲散心之人聊以品风餐月、枕酒醉琴、佐梦伴闲，还可以乘东净手西梳妆之际，内外双修，身心齐畅，体怀万物，道合自然。更企与心性善美之嘉命促膝对饮，请勿忍性狠心曲解臆附，耽了温酒误了雅兴。

【〇】《庄子·外篇·天地》：《记》曰：“通于一而万事毕，无心得而鬼神服。”此处“无心得”意在反问万事得心无？若得知心，则能服鬼神。

绪　正

感求通正，学悟问真。应时立墨，道俟时新。成由近道，败必离人。学而不思必求诸正思之外，甘愚外求则崇尚西学或以注疏为能事。行不至实必思止于理，言不系物必行止于论。作，不问农夫不通饮食；哲，不问初元学难有用。无世袭之权却有世袭之制，无世袭之制却有世袭之元，无世袭之元必有累世之困。困极生乱，乱极混战。元与本生而自有，岂能战而逆得，以混求清。尚战始于贼心，尚爱求诸正教。示武于人，佯战贪利。示正于人，天下齐力。

有世袭之道，胜保世袭之权。有世袭之德，可保累世之全。知正者任其变，识化者导其繁。善于思者，执荣辱两端以定生死之制；善于行者，尊衣食住行规律以应时务之需。今古人事不越思行之间，现实生活界在生死之内。人生在世，不因隐匿观点与立场，以周旋天下求无对立面而长保；不因明确原则与标准，以恃自得自是而孤独。命不凡者，自不凡也。上古道家，移心换位，正教伤人【♦】。能与

【♦】移心换位，正教伤人：古道家修炼方法之一。本人愚钝，修习有年仍多不解，期逢高人不吝教诲。

天下人人互移其心者，天下尽是知心人。能与天下之心换位者，心含子子人人亲。此二者化合在一人，如人类始祖显当今，顿使天下共一心！正理虽通，不便正教，正教伤情更伤人。大道晦明，如人脏腑，直进曲成，相依为命，共和生存。著名学者钱穆先生于《现代中国学术论衡》之中有言：“西人仅知有国际，不知有天下。”实西人未越天下，天下全包西人之一切。言西学之病，还需示西病之源，应病之方，祛病之药，绝病之根，研病之律，得病之益。

先有天与地，后生人与家，再生邦与国，丰而不杂，繁而不乱，序生无逆。有天地含养人、家、邦、国之实，无人能包含天地之例。问亦使然，顺问得道，逆问得源。顺逆之问，是非分明。

国际源于人际，人际为国际之根本。世纪[1]源

【1】 世纪：纪，规律。《老子》：能知古始，是谓道纪。在世纪一词中专指人伦之义。

世:《说文解字》: [illegible]世，三十年为一世，从卅而曳长之，亦取其声也。

世与止关系不大，世中有“枝”而非“止”。世，为一枝而始，枝上生枝之象。世与止最大的区别是世字之“枝”全部向上，一脉相生。[illegible]即[illegible]。[illegible]止，本意为脚趾、脚印。世字，全体积极向上之意向，恰似天下一心之宗旨。

世纪之于人，共有一心方有世纪之名，视人人为亲人、一家人方有世纪之实。一家同心便有一家之世纪，一邦同一心便有一邦之世纪，天下同一心，始生天下之世纪。不知世者忘本，不知纪者可怜。未天下一心而言天下之世纪者，有纪无世也。非立于一心之上之世纪，仅一虚名

于人伦，人伦乃世纪之方向。一心可医误妄之思偏，同堂可愈往日之伤痛，同学可绝后误之病根，人物统一可防人心之物化，子学学子可作表白真心之殿堂。谁与天下一心，我将与谁一心。天下一心，我想往之；天下一堂，盼君来访。

挥毫至此，尽饮一杯。驱《天下一心》之墨，效仿《易·十翼》之“原始要终”为原则。序列五章，献丑高明。

以“天生大道，人在其中”明道开元。如是一观，气象局天，建设布地，化作章首。

以“本人问性，本实问命”明理发新。如是一论，经是纬作，经实纬人，一化章次。

以“人物统一，无产有恒”明列释例。如是一说，舍利取真，舍事取义，一化章三。

以“西东合生，古体新用”明法正初。如是一作，西东不惑，今古相继，一化章四。

以“天下一堂，四海同修”明方定向。如是一为，四海仰正，天下归心，一化章五。

和实生物[2]，五章五行，是余心、事、务、业、

而已。不能正用世纪者，当愧对于先祖造字之苦心与爱心。

【2】 和实生物：出自西周末期，早于老子与孔子二百多年，早于释迦牟尼、巴门尼德、苏格拉底、柏拉图一百至三四百年左右的中国古思

学、行、悟、悔之私家备急药方。道、理、例显道于人，法、方、药化道于用。见仁知人，知仁用人，仁用统一，人道同体【3】，是谓得道。道、理为补，法、方为泻【4】。例为药身，列为药仁【5】。以仁治要，

想家史伯。《国语·郑语》："夫和实生物，同则不继。以他平他谓之和，故能丰长而物归之。若以同裨同尽乃弃矣。故先王以土与金、木、水、火杂，以成百物。"孔子的"和而不同"即是"和实生物"思想的延续。和是方略，以唯物的五味之和主导五声之和归合于自然。实是主体，将人的认识与物质结合在现实生活之中。生是过程，生是有序的合情合理合乎自然规律的繁衍，而非生硬的拆分或拼凑。物是根本，新物致用是目的。遵循唯物的原则，创造新生事物，解决新老问题，以新物、新心、新人开创新的局面是和实生物最终的理想与目标。在和实生物思想之中，关键是现实中的"实"对"生物"的界定和理论上对"实"的认识与把握，先求得"实"之道才能实现"和生新物"的目的。求"实"知"是"，求"是"知"事"，知"实是"之道明知"事物"之理，生生之道。实与是的统一为理论的进步，事与物的统一为实践的发展。"和而不同"是对"和实生物"表象的描述，"和实生物"本身是对"和而不同"的描述与现实生活的理论指导。"和实"超越了"不同"的局限，"强强联合"也在"和实"的范畴之内。"和实生物""以他平他"而为我所用的"科学尊重自然、生活顺应自然"之道，是创造"和"字至今，最古老和最完善的"和"文化思想之顶峰。和实生物，是至今仍未全面开发致用的哲学宝藏，古而不旧，简而不陋。草衣学浅，明眼一笑。

【3】 仁用统一，人道同体：达仁是用的标准，致用是仁的目的，标准与目的的统一就是人之道的主体，道合于人的规律。

【4】 道、理为补，法、方为泻：上行为补，下行为泻，上下循环，道法自然。左升右降，左文右武，左谋右行。时至今日，常左手持书右手执笔，夜则左灯右砚便于伏案，昼则坐北朝南熄灯开户。道与理从理论上指导思考，法与方从做法上主导实践，理论与实践的统一就是补与泻的生生不息之道。

【5】 例为药身，列为药仁：例，实例。药，在此文中为社会意义中

要为药神。服药调身，服要调心，服道调神。大德爱人，大得合作。大要即大药，大列即大例。明列要道，为仁为人。怀一心问真高高提笔，挥五章五行浅浅立墨。

天地图阵列山水，人间正道爱古今。唯盼万命舍私，持真正妄，抱诚照心，同心同学。

一、天生大道，人在其中

天地生人，令律者生，律令者亡。善始在天，善终在人。善用者化，善变者神。善开者道立，善合者德成。大道用上，大法用正，大人用今，大慈用爱，大美用新。善察者知时识机，善观者知势识局。

天地用让，今古由学，明正在其中，身心在其里。上明下圣【6】，教化一心。论人事若能经天纬地而不界于就人论人，那就应少些人的离根脱源、自障自是。论不离述，述不越念。古称定立论，定论论定，

的典型案例之定理与定论的概念本身，道同医病之药。列，即明确分析并排列事物的属性，以便科学地对事物进行基本的了解和把握。药仁，寓意社会学意义的定理与定论，而药的本身的价值与作用是具体药力的体现。

【6】　《为吏之道》竹简：1975 年 12 月湖北省云梦县睡虎地秦墓出土的睡虎地秦墓竹简之一。其中有言：“君鬼臣忠，父玆（慈）子孝，政之本？（也）；志彻官治，上明下圣，治之纪？（也）。”

不称概念。西概念东定论是人从感性到理性的认识。概念重理，定论重义。有因本义而定概念，无因概念而定本义。物各有性，无性不定，而非以概为念。论定于理，理定于性，感而应之，因义定论。概念比定义模糊，概念可以循环，例如“循环论证”概念。定论定在真义，难以更改。定于正为真，定于正、论及人、义及真则是定论由人，真义合一。定义即定论，但纯以定义立论则是“纸上谈兵”之概念。论定必因物，定其本末以开元始，定于物质首系天地（自然）。本末既定，义在其中；天地两定，人在其中。执定用定，即人的目的论与自然论的统一（天人合一）。宣物述义，明本识末，开元正果【7】，道在其内，是在其中，人居其里，心游内外。正所谓：“俯拾即是，触处皆通。”

胸中有梦，笔自生情。天地之间，是命有定。命定于性，即以事实为定义的定论。参照自然，认人识物，识偏理性。心系古史，行系今是，识偏感性。最初人与自然交流归结出定义，今人以定义为定论反证于自然即理性，以此推演生活则是感性。感性

【7】　开元正果：即心行自本源为初始，端正心行之方向，修得心行之正果。得正，必系于初，始于元。如同今日射击之道，正己之心，知终之的，一以贯之。

与理性双性耦合[8]，分合生剋就是案上眼前的时论之大致。广义狭义之分，大小宇宙之说，客观主观之别，你我之见解等等，都是学习的方法与途径，而非指导思想与行为的依据和检验的标准。在现实中，广狭从未分开过，宇宙不言任人说，客观主观因学而别，你我之见因识而异。但见西学以分为法，任破、刨、损、败、拆、断、切、割八大方法纵走横行如切果游戏[9]，何不以天人合一为方，以直进曲成为向，以人物统一为法，精研细究东学大道，求得简便实用。先分之法为术，后必归于和合一统。先合之法为道，合则自化自成。西东无高下，识见有不齐，适时应事，自得自命而已。正所谓：缘由性定，份在人为。

大道问天，天问人间。人人问天，此即人间。屈原虽去，问遗人间[10]。人之所以百命不同，有人以标准为真，有人以真为标准。以标准为真无非得一真标准，以真为标准即修得精彩人生。大千世界，

【8】 双性耦合：人性与物性的紧密交流相互影响即双性耦合。在双性耦合现象之中，人与物的沟通是积极主动地克服自然享受自然的过程，物对人的沟通与交流，若是轻度的则有益于生活，若是重度的则是灾害。

【9】 切果游戏：在触摸屏手机或其他游戏机上娱乐的《水果忍者》。

【10】 问遗人间：屈原虽然早已去世，但是屈原的遗憾与渴望给后人留下了无限的启迪。问，是直通人心的大道。

何处不是民间？实际参加一线劳动创造的实践，是谓民道之根、民德之本。单纯从事管理、贸易等事务性工作，而脱离了一线劳动的生活，则如同民道之叶，民德之辅。根与根之间以真为标准，根与叶之间以标准为真，叶与叶之间的不是浮云，便是空洞的理论。未曾参加社会一线劳动之人或其人之事，非二等人物、事务，便是烟雾与浮尘。

古农种道，播时耕空【11】，方向明确，目的明确，途径明确，模天范地，榜道样德，无私无妄。古民尚宜【12】，宜耕则耕，宜居则居，顺地之利，耕空于山间浮云之上，设坛问天，上学正心，下达宜行，种道在上下一心。古民心诚向上，一登一踏一提高，一跃一界一醒悟。身入祠庙心通自然，总结经验，确定差距，制订方案坚定信心。洗心照诚而返，返回今天，其力向下，一步一沉一归根，一思一悔一决心。今古一心，即人道的终始要处。人界世界种种界，一线二线种种线，一元多元种种元之知识，皆赖人道之心得以作用。荒民趋利，如婴儿啼哭为实其腹；贪官趋利，如小雀发情窃悦其心。目腹之

【11】 古农种道，播时耕空：总结出不违农时、不违地利的规律，并顺应此规律而行。种道，道种之义。顺应自然之道而作为。

【12】 古民尚宜：宜居则居，宜耕则耕，不过分地克服自然。

间，心在其中，根在其里。正所谓：人之胎生，先生人心后生目腹[13]。人之心行，逆所生之序必心行大乱，顺所生之序自身心一体。然荒民受利惑情迷，善止于困，常苟活于乱尘之中，笑看建堂作戏，借鬼拜神。耕学不师地利[14]但贪财，思行缩于缝室怯朝阳。上下不分、往复不明之人，唯待悔学务本以自革自命而已。

此便是庙堂与荒居之间在民间，民间在人间，人间在天地之间，任由你我坐卧行走，得失成败，自学自新，自正自化。庄子《天下篇》“古之道术有在于是者”，说明不论哲学之道与理，还是现实之法与术，都在现实生活之中。求于是者，以“一”统一“二”；求于理者，以“二”系于“一”。古尊文武全才，今尊专家，且竟偷换博士之盛名，美其专科博士之鄙陋蔚然成风，不知空遗后世子孙之酒后苦笑。人本二人所生，世上谁是孤身？世无孤人，岂有专家？社会之学更无专家，专家误世，专学误人，世待通学更待同心。若有以专为恃者，必是“隔江

【13】　请教北京中医药大学李健教授而知：胚胎第 4 周，心脏开始跳动，胚内血循环建立。第五周脑泡出现，眼胚出现。第六周，肺芽、肝芽、肾芽开始发育。所以说，先生人心后生目腹。

【14】　地利：便于耕种或征战的地形地势或地质，代指已有的天然或人为的现实实时有利条件。

后庭花主”，纸上谈兵之赵括。今有明月为鉴，古记史证犹新。道德从未沦陷，人性从未扭曲，唯有不识道、不修德、不务本且受制于自身贪私图欲之心。

登高俯仰，天晴地坚。青天之下，趋利好德【15】，各竖一帜，旗文即是其心行之标准。墨家有《尚同》【16】之法，今有榜样之术，众法术皆不如史伯“和实生物”之思想更直系现实生活。其立论系于物，说理至于实，更便于实用。犹似努力地动之以情，晓之以理，联之以利，系之以远，万人齐手共同把握着历史的方向盘。在此大势之中最缺知参天两地【17】，执两用中【18】之道者，唯惜其不语于心无定论之人。哲命在性，哲身在物，哲根在地，哲实在学，哲光在美，哲血在善，哲心在真。

为哲而哲，则无空哲，而有空悟务空之理。哲不关人，则无妄哲，而有妄思妄言之论。哲不关新，则

【15】《六韬·文韬·文师》：好德归利。追求德善与追求利益并行。

【16】《墨子·尚同》：（选举贤者为官，使百姓与官员）共通天下之义于自然规律的理想文治。

【17】《易·说卦》：“参天两地而倚数。”人以天（太阳，代指美好与光明的理想）为参照求是而知止。“参天贰地”和“叁天两地”是不妥当的概念。两：执其物质与精神两端，供人平衡决断之义。

【18】《礼记·中庸》：“执其两端，用其中于民，其斯以为舜乎？”两端：过与不及。用中：平衡致用。

无死哲朽哲，而有贪惰之人肉[19]愧对于时光。只知异邦西哲、言必系于希腊如诗羹于市，不修自家本学纯是忘本！犹自弃于野，难报父母亲友思念之恩情。是难同情，唯期务本。人性之中无本恶，但见悔过自新，喜一错一改，最惜进退摇摆之子死赴明日之子。

科学之界在物用之内，哲学之界在是非之内。以科学论定社会之学，无异物化社会，以哲学论定社会，必坠入争论，无统一科哲之学，难除人祸之根。天道（自然），假用示性。人生，假学取心，以性正心，因性知用。性为心之界，心为性之象。知界则心能自由，知心则行能自主。人能自主，则不愧于天生大道，人在其中。

【19】 人肉：不学之人，空是人肉。得道之人，借肉生人，隐身于肉人之中。肉人，即肉体之学人。

玉留眼過

論繫實物始
言宗為人開

二、本人问性，本实问命

天性化生人性为情，人性合于天性为理。天地为人，人生为子。心生性成，物无孤生。合生人成，人无独生。物性同生[20]，人道渐明。天人互动[21]，惑止中生。“天人感应”晚于“天人合一”，“天人合一”晚于“和实生物”。天人互动为“和实生物”之理论，物性同生为天人互动之理论，天地为人为物性同生之初元。天动人应，人动应天，天人齐动则万物之作以化为生、万物之成以生为化。万物化成生理论，化成万物见方法。将人、物、理、法统一在论无二心、行不孤独之心行之中，则是现实生活之天理人情。内识性情、外显礼法可得天理之两端，性情礼法惠爱同生，便可以统一人物于时新正中。知中知一，得一得正。得正用一，惑开道明，天下同成。同生，共慰天地之心；同修，共享天下

【20】 物性同生：性先于物，性在物前乃物所不能知晓。以此立论，与人无关。物先于性，物在性前乃物性两分之认识，与现实不符。唯立物性同生为心行原始，方可成就开物知性、善性识物之智伦。除人不藉肉身生活，否则偶有乱人伦之贼、无有大乱智伦之人。

【21】 天人互动：天，自然。天人合一即人与天合一，人随天动是事实。寒暑燥湿、高低广狭等皆天之动，秋收冬藏、夜伏昼出等皆是天动人应，人为灾害、贪利杀戮皆人动天应。所以，识天人互动则积极，求外力保佑则消极。正所谓：天道酬勤，在于勤学识正。

物性同生圖(求正)

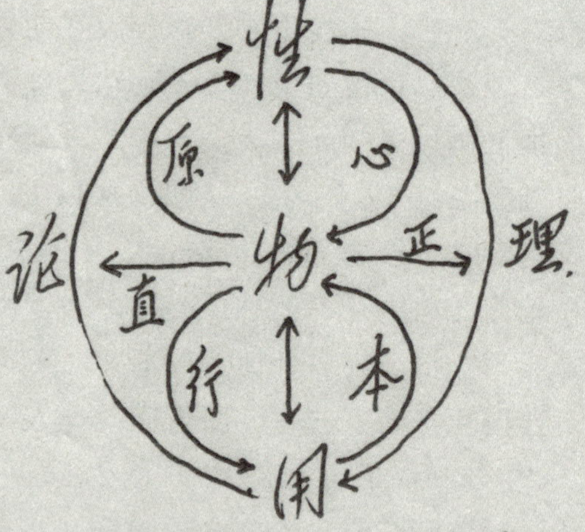

正论条物，明理问情。
中始外行，合中(仄声)而成。
知用论性，知性理用。
步步条物，先通后行。

正学；同成，共开天下之太平【22】。

物循律令，人生令律。物之生发，遵律而成。物不因人而移之性为本性，否非本性。物律天生，俟入人心。所以，物皆待人。有不识物用之人，无物不待人用。生循律令，活用令律【23】。用物有异，用性不移。人用（令）物性，无须易其性，感其性而生情于心。情出于心，心界在活（生生之状态）。性明本明，性立明开，本立公正。心自性知，情系性同。心法性定，子性性动。情自性动始，性系情动明。性无善恶，情贵性生。情以性为定，性以情为动，性情以心为所、以一为形。情补性定之不足，性补情动之不能，二者会通一统、双立双成，正立于人心之中。心为体用之祖，性情之家，道理之源。知心由性，则看破善恶少盲目。定情由心，则笑煞名利自真诚。于是，物性入于人心，人情出于人心，性情互感相应于人心，即人之现实生活。用性者明，用名者圣。顺性开物者上，因用制物者下。正所谓：

【22】 同生，共慰天地之心；同修，共享天下正学；同成，共开天下之太平：读横渠四句有感。张载《横渠语录》：“为天地立心，为生民立命，为往圣继绝学，为万世开太平。”
同生不害他命，同修为求一心，同成共确出路。

【23】 生循律令：孕育生人，遵循自然规律。活用令律：现实生活，运用自然规律。

物性同生，天人互动；立一统心，心统性情[24]。

心统性情，心物合一，借心言人生，寓性言道理。性入情出于人心，统一人性情理于时新之人。心为统一性情之所。心乃一之体，一乃心之理。心，统性情之变化；一，统心行之作为。心一合一，示人以方。人一合一，示人以法。人心合一，即心统性情之实。性系于物则实，情系于人则是。所以，一统为心行之理，人物为性情之本。本人问性则知情理，本实问命则知实用。

本人问性，定位在正。本实问命，启事由真。性谓是之根，实谓事之本。无界界[25]内物界之中，无物不有其性。生理之性与自然之性皆属先天之性，先天之性为本性（物之性），后天之性为习性（物之用）。本性性静，习性性动。以先天之性为本指导人的学习与实践，即是以先天之性立命，持此或顺应或改革以布局人生，将人生万象统于一，即历史文明。先有天地后有人，以人观天是学正习真，

【24】 心统性情：《四库·子部·性理大全·卷三十三》：张子曰："心统性情者也。有形则有体，有体则有情，发于性则见于情，发于情则见于色，以类而应也。"龟山杨氏（杨时）曰："六经不言无心，惟佛氏言之，亦不言修性，惟杨雄言之，心不可无性不假修。故，《易》只言洗心尽性，《记》言正心尊德性，《孟子》言存心养性。"

【25】 无界界：无界之界。界在人界之内外，性用之界中。

识认天下万物之性的根本；借天观人为以性问人，是实践之学。性借质显，人借质生，人之本质立于本性之上即人文之心源，人之本性合于人之本质即人身之物实。先物后人以问性，先人后物以知用。东学以互根相成之道，崇尚动态思维与动态价值观的人物统一；西学持相对之论，擅长静态条理分析与标准程序的制定，而视人如机器，唯利联合。人性在物性之中，所以识天下万物之性必知人性。以性问人，则人人一性。人人一性是共性，共性最接近本性。共性立事，本性立命，知人之本性即知天下一心之本命。先有本性后有习性，习性基于本性，本性主导习性，本性与习性统一即是天下一心问道事物的基本原理。

天地之于人，天地生人。生命之于我，父母生我。故，我的世界以祖宗为根，以父母为始，以有命为生。君子之道，造端乎夫妇【26】。所以，君权神授【27】、神创世纪【28】、言必先称希腊【29】之类思维，皆是自

【26】 造端于夫妇：《中庸·第十二章》：“君子之道，造端乎夫妇。”

【27】 君权神授：又称王权神授，古为执权找个口实而已，至今日人民当家作主而止。

【28】 神创世纪：世纪是现实的。神创，为现实冠以非现实的拟人之口实。拟人，是一切宗教的基本手法。去掉拟人之成分，便是宗教之实质。

【29】 言必称希腊：现今通晓西方哲学与科学的越来越多，通晓中国

无底气、自信不足的无担当之奴才气象。托神服人不如正诚服人，求诸上帝不如和睦兄弟。佛教（音交）正道，更须弗忘天地父母先于佛。人自父母而生，无敢忘父母祖宗之爱意；学识自父师而得，无敢忘父师之恩德。今日父母祖宗托命于我、师父托智于我、时代托爱于我、天地托生于我，舍我其谁？何人非我！天下谁人无担当？此便是本人问性与本实问命之终始。感而自振，无须赘顾薄弱以托辞消极懦弱。正所谓：革命无分贵贱【30】，学习不分智愚，直须“天天向上”，无愧无悔足矣。

人人之间除男女之性有别外无根本的差异，却有差异的根本。差异将回归认同，认同将回归共识，共识已超越普世，共识将回归根本。普世回归根本即是共和、同根之共识。共识近本识，本识即本是，本是即真实，唯有真实能主导共识，继而指导认同与普世。普世是无明确所指的泛概念，而本是是人之心行的唯一根本。知本知命，知命知心。能与自心知心者，多有实事求是人。人生界内，所有的心

传统文化的越来越少，且不顾希腊文明早已衰绝或早已化入其他文明之中难有色形，而中国文明仍然一脉相传生机勃勃。今举已衰落之文化欲指导生生之文明，无异闻枯木盆景敢笑山水之春意盎然。

【30】 革命无分贵贱：毛主席说：“革命工作只有分工不同，没有高低贵贱之分，我们的同志不论职务高低，都是人民的勤务员。”

行（包括群居后的种种自我界定，和认同与反对的表达）都是共同消除差异走向文明的脚步。自个体至群居，自荒野至文明，自初级至高级乃人类进化过程。智本位乃人本位之具体实践，德本位乃人本位之高级境界，以德本位指导智本位，乃人智进化之方向。道本位乃德本位之极点，道不屈人，道不分人，人自道而分，自道而合，自界而阶，自破重生。自观自性之始，则有失控无失德，有暂乱无自废，有交流无冲突，有重生无分裂，有智胆领导愚惰无盲目随意成功，有积学而自得无不学而自成。固执唯有本土人才能够认识本土人【31】，在人类的共性面前是狭隘的识见。不由本性而生定论是未近哲识的论述，唯以本土关照本土之论不符合当今信息社会的大势。天有星系，系系共一系。人有性系，性性皆人性。天系昭然，人性与人系何在？时至今日，可有共识？人系以天系（日月星辰在互联互引系，是谓天系）为根，天系有异，人难抗拒。人性以天（物）性为本，物性有异，人性难敌。天地之间所生之物性主导人间之事务。天地生物之道，出自于地必归于地，来自于天必返于天。如，树本参

【31】 唯有本土人才能够认识本土人：记不起是哪位西哲之言。

天，必化于尘土。人生精彩，也终将归于天地所系，化于水火土壤，复生于水土之间。名必将归于无，身必将归于无，此即知根本。知本知命，知命用性，则可免于唯利唯名、唯心唯物之所障蔽。

正得爱人无分大小，以哲论事无分巨微，哲学之内无大事，唯有务本与忘本。天马行空与因时致用之差异，不因公事移，不因私情变，全为今人，唯拒不学。不论谁家谁人，只要首先求知万事万物的共性，他就首先拥有了万事万物的本性资源，也就找到了利用的源头。根伸枝展，共赖一干；百事万世，全靠活人。今信息时代，天下一家，真分不清谁是本土人谁非本土人。由是观世，论不由道，昙花一现；心不由正，天下笑谈。以不同的历史之种种不同为背景的表达，却是以相同的不同为套路掩盖自己的无识之见、无实之论，而自愿归队“乡愿”【32】之列。

此正是：

立根同其同，正新异其异。

【32】《论语·阳货》：子曰：“乡原，德之贼也。”《论语·子路》：“子贡问曰：‘乡人皆好之，何如？’子曰：‘未可也。’‘乡人皆恶之，何如？’子曰：未可也。不如乡人之善者好之，其不善者恶之。”乡原，即乡愿。乡愿：指乡里之中貌似谨厚，而实与流俗合污的伪善者。

异心息于新，同心最相宜。

天地人之初心，即天下一心之心。一为心之象，一为心之数，正为一心之性，人为一心之根，学为一心之动。心一合一，人之大道。一心之性，性属真藏，从不外见。譬如：人之宗祖，虽后人难以亲眼所见，却真存实在并据以伦人序世。若吉日祖宗隐而复显，俗言死而复生，生而不愧[33]的人可在眼前？思古量今，朝野中外，天下人人本是一人，人人之心照人心，人人之心共一心。为一己之解脱舍生赴死者，私心太重，死无意义。解惑用悟，开新在行，步步与死无关，处处与心相系。世上人人，同赖一地，共享青天，天地之间恰有人心不偏，中居在正，正直通真。因是，知天心、地心、人心本是一心。遥看地球，万物向心，人共一地地一心，此即团结的原理，此心即古今生命之希望与力量凝聚的中心。“一”即天下一心的模型，“人心”即天下一心的灵魂。地，是人起止之点，承载的总称。地心统摄人物，以成凝聚之势。天，是人折返之点。天心之于人，一心向地，包涵万物，以示混沌原始的万物之初，示真予人。

【33】 死者复生，生而不愧：俗谚。

体会天人感应[34]，实践人人感应，返观天人本一[35]，还须始于识天（自然）之性。天心之性属虚，虚则无处不在；地心之性属实，实则惟精惟一[36]，藏真不显[37]。地心是人人赖以生存的金刚真定之心。藏一为心之象，金刚真定心是人与万物共同赖以生息幻化的现实基础。万物所赖，即万物之命。以万物之命为心，则天下之心定于一心。一心真舍则财、物、名、誉自归其正位，心心安定则生无大惑而能乐对小忧。心安于一如似人生清

【34】 天人感应：天人感应之说源于汉武帝时期为大一统而采纳董仲舒的《天人三策》，其中“天人感应”为君权神授的合理化提供了有力的理论支持。人生于天地之间，所以能够天人感应，人感天象天气之变化而应之以自我保护或开发利用，其他动物也因天气天象之变化顺势而生。逆势自保。可见天人感应，实是感天人应，也就是《易·革》所言，顺天应人之意。

【35】 天人本一：天人本一与天人合一一字之别。本是本来、原来，本来一体之意。合，是非一而合一，本来不是一体后合为一体。先有天人本一后生天人合一。合是后人在学习和发现过程中人与天地相合，天地自然无时不与人相合。否则，人就不会出生。在此，本是天生象，合是人为象。

【36】 惟精惟一：《尚书·大禹谟》，达到精的标准，精到与天地人物合而致一的状态，此即谟的要求。谟：计谋，有规划之意。

【37】 藏真不显：藏，即内在的核心。真，本应居于内，若以显为目的则导致偏颇。天地无贪欲，人心有偏私。如：大地之心，凭其有而利于生活足矣。但非要看个究竟，即将是不可能的，假如可能则便是永久的毁灭。

〇[38]，务本归明。生不自清，天清命终。每每一清，薄命重生。知万物之命，则知万物之本；识万物之性，则知万事之心。物有本末，事有终始[39]；本末为经，终始为纬；本末见性，终始统命；本末立是，终始生新；经是纬新，正新宜人。始于天（自然），系于人（生活）即是学习的基本方向，始于人合于天即是实践的指导和总结。世上争论，根本除外。面对根本，唯有服从。哲学是最接近根本的学问，求本应是哲学的首务。未先务本，而先争论，则是割裂自然、割裂现实生活的自偏其本与离开实际的空谈。理论不足则如万人齐弹万弦琴，各自寻赏各自音。夺取了理论的制高点，则如同万人共赏一弦琴，一抚天下赏清音。根本理论的残缺，必用现实的物质和人为的荒唐与尊严的付出来弥补，而这一切的改变又唯有学习能悔进双成，至明而自正，归心而重始。

此正是：

执性论理真根本，以理论性多不妙。

先人后事道不移，先后不分瞎胡闹。

【38】　清〇：零是大写的数字，〇是大写的文字。所以，数学范围之内有清零无清〇，数学之外有清〇无清零。文字与数字，不可混用。

【39】　《礼记·大学》：物有本末，事有终始，知所先后，则近道矣。本末：示先后主次之义。终始：循道按序。

大爱无界，大道不残。天生男女，以男女之性别补人之先天之性之不足。大道不私，真是不隐。天地生人，以人补天地之先天有偏。失道之处必受道治，失道者学。得道之人即是道治示范，得道者乐。天地与人均有先之不足，所以期交变而化成天下。因是，天以燥湿寒热、春夏秋冬为天伦，地以高低远近、山水平原为地伦，人以长幼善恶、古今中外为人伦。五行生克【40】，是伦轮是。一道百化，同异相爻。百化万有，人享其中。不学者废，善学者成。化古宜今，学以聚之，问以辨之【41】，用以识之。然百千知识，天下正教无不以化成人文为止止，化愚至真正而生生。道生人之前，文生人之后。人文荡荡，文人嘈嘈。仅以文人为人文则乱了先后，如同空遗遍地文人，搅起漫天唾雾障了时空迷了道眼。

界时量空，述旧宣新。人类即以类识人。人类经验的积淀主要从类分与参照开始。类分从分天界地、正心正命开始。以类观今，性命与生命的类分是不根本的。人与物合称为人物，人物相交化生事

【40】 五行生克：自然生化的规律。五，五个关节点。行，运行。生，发展的规律。克，制约的规律。

【41】 《易经·乾·九二·文言》：学以聚之，问以辨之。聚，积。辨，分辨，条理化。聚，至归一则有力有用；辨，至务本则见性明心。

物，人与事物各有其性，各有其命。以性观物是从哲学观照科学，以物观性是从科学研习哲学。科学以物为体，以性为用；哲学以性为体，以物为用。是体皆命体，命体即命题。是用皆性用，性用即活用，活用为用活，生活为正用，科学与哲学终为人用。科学如身，哲学如心。知人识物，学必法性。所以命本有性，其命能生发则为新命（即生命，活命），指导新命的哲学就是活哲学；论不切用，其命不能生为旧命（即史中之命），唯适不可生之命的哲学就是僵化哲学。在现实中，有僵化顽固不化之哲人，无不能学以致用之鲜活生命。

革命是倒装句式，正命务本，革我不学之偏性。人生首务改造学习，改革旧制，开发命性。执万命一心为体，以鲜活人生为用，命就显示出其根本资源的本性与利用所在。道因时立，理自中开【42】。君子财力公用于公，小人财力私用于私。君子财力用于精进，小人财力用于贪欲。君子以人观物【43】，小人以物观人。观物观人以至于是，则求得真、善、

【42】 北京胡同明代旧居木门上的刻字：道因时立，理自中开。

【43】 观物：北宋五子周敦颐、程颢、程颐、邵雍、张载之一的邵雍，在《皇极经世》中的《观物内篇》与《观物外篇》最为系统。

美之终始。知终始为知是[44]。是，可以一贯学用以成体统。正观、正学、正用之道皆成于知终始以至于知是。求得正是，方可革不学之命以统一天下人物。自革自命，自正人心，复习人性，便是自有人类以来千年相继、亘古未移的学习革命。

俯今仰昔，革命可称人类历史大势的总冠名。在此大势之中，学可革贱命，悔可改宿命，代代民人，辞旧迎新，从未止步。于此大势，在天为大道光明，在地为一土安身，在人为先爱后育，在今古为同德同心。大地以金刚真定在一心主导着人事之化运、万物之成命。人命以时为机，以空为量，无乘时之势则一命难有立，无量空之明则中心难无碍。

人之所有即有世界性，人之所无即无世界性。世界性随人之有无而有无，其性自有无须克意关照其有无。资性，即以人物本性为根本主导思考。人用，即以为人宜人为原则主导应用。可见，欲解决问题，先关照资性人用可防大误。以资性人用观察诸性：世界性无根本性之意义，却始终服从于根本性，并借根本性得以实在。世间一事一物之世界性难以确切言表，且随人事之变移更难概全。审美，亦无根

【44】 知是：知，为求索。是，即正是。向上观日，知正知是以明始；俯视人物，知本知止以明终，二者一统在人用以得正是。

本性之意义。审美皆自本性所生发，事物因时之易其美自移，所以审美之性，无非人物本性之衍性而已。共时性，乃人物本性之子性【45】，自本性可明共时性，反之不能。可见，共时性之于研究本性无直接意义。统而观之，除本性外后赘“性”字之概念，皆本性衍生之子性。凡供人所资之性，本性第一，众子性皆以宜于人用为正命。

定一立万，是命安新【46】。老子之行求证于自然顺应自然，遵循道法自然【47】。孔子之行求证于道，以道立人，追求名正言顺，“用之则行，舍之则藏”【48】。心在道中，身在世外，据道观人，往复得真。苦其周游不改初心之志！顺天应人【49】，

【45】 子性：子出于母，子性，即由本性衍生之性。

【46】 是命安新：所有的生命都会因为有新的希望而安定与振奋同心向往，暂时放下眼前的自能忍耐的一切矛盾与迷茫。

【47】 道法自然：《道德经·二十五章》：“……人法地，地法天，天法道，道法自然。”道法自然，以人为顺应于自然为原则。道家并不消极，以顺应为大原则，指导战胜自然之积极的人生，使人的心行有了界限是其伟大之处。

【48】 《论语·述而十一》子谓颜渊曰：“用之则行，舍之则藏，惟我与尔有是夫。”任则尽能尽力，无任则研究修炼的述而不作思想。

【49】 顺天应人：顺应自然之天性，不悖人性。是人师法自然，指导心行的学习纲领。语出《易·革》：天地革向四时成，汤武革命，顺更天而应更人，革之事大矣哉。用于颂扬建立新的朝代，不过作为人生的学习纲领更有积极的意义。苦其周游不改初志，先在心中立定志向，再完善实现的条件。如同，先有理论后实践，志与道合大人情。自古贤良

先道后人，并无夺权之心。周公之心齐于道，以人行道，轻名重用，往复吐哺，体会终始，就时成行，就人成道，梦在心中，先人后道[50]，天下归心。孔子以古观今，为师教之道。周公以今观古，为生民之道。先有生民，后有师教。生民为师教之本，师教为生民之花，无花本犹在，无本花怎开？上观，观天法天伦；中观，观人序人伦，天人之外不足议论。因此，万物运化繁而不乱、生生不息。人、事、物、理，各归其命，各得其所。是身，各赴其志，各应其学。生不怨时，智不罪外[51]是谓本人问性，本实问命。正所谓：美恶有间矣，其于失性一也[52]。

有道是：

根叶花实任意生，不语不言文自成。

千年木落千年叶，留与知心话春风。

多如此，稽古询今再恭行。

【50】 先人后道：以人性指导心行，力求合乎天性，侧重实际应用。先道后人：以天性（自然之性）指导自己的心行，侧重理论研究。

【51】 智不罪外：直面正视自己的过失，不转嫁外因，勇敢承担。智不罪外是有担当的表现。仿照《孟子·梁惠王上》：“……王无罪岁，斯天下之民至焉。”自造的拙句。

【52】 《庄子·天地》：“美恶有间矣，其于失性一也。”美善与丑恶是由区别的，但在偏离本性之处却是相同的。

過眼留玉

多情日月輪相照
不舍世上糊塗人

三、人物统一，无产有恒

人物统一[53]，人统一物。知性得真，顺性得正。应时得生，化性得成。宜人为经，开用为济。以物济人，资性人用。天下大物，天地人心。天下大是，仰观光明。天下大势，今古同心。天下大产，地利独尊。天下大方，资性为人。天下大有，百命赖今。人物统一，创新之根。崇本问命，学习用性。

物之于人，略可类分：物产产物，人物物人。物产，有以动物为产的天产和以植物为产的地产。产物，即人造之事物，其中物态的为文物，理态的为文化，合称为文明。核心概念之于人，核为物质之实在，心为精神所寄存。将精神与物质统一在人物一统之上，将物产产物统一在人伦序列之内，则天下有道，自归心于天人伦理之中，同心相聚，同命相亲。舍天人伦理而独论物质与精神之统一，如似杯水浮茶难以远航。人之于产物是主动的，人之于物产是被动的。明辨物产产物之关系则难易分明，顺时乘势，事半功倍。正如，虽有智慧，不如乘势；虽有镃基，

【53】 人物统一：1. 定义：人与人之间以人为本和人与自然（物）之间以自然为本的和实统一，即人物统一。2. 宗旨：人统一物，资性人用。3. 目的：为人宜人。4. 方法：资性开物，本人成务。

不如待时【54】，此“时”便是分清了被动与主动，知顺识逆之时空关系，以最简易的方式成就人生作为。因此，天产地产【55】，物态理态都在人物关系的范畴之内，全在人物统一的范围之中。

俗言：情酒红人面，财宝动人心。直抵人心者，莫过义系利；直抵人命者，莫过病成灾。西学重物【56】，所言资本，资物计算。东学重产【57】，资性本人【58】。资物私有虽暂富胜于资性，其必归于本物利人之常规。以物性益人而不关物利，乃“乌托邦”。以物利屈人而不法物性，即资物之悔。资物屈人【59】，必催生出强权之心而不自知，纵欲无度，破坏平衡，唯利是图，必造成人吃人的结果而不知“齐人攫金”【60】之错在何处。唯论资本，必伤人情。

【54】 《孟子·公孙丑》：“虽有智慧，不如乘势；虽有镃基，不如待时。”镃基，锄头。

【55】 天产地产：天产，非人工的天然出产。地产，地权与农产。

【56】 重物：习惯于关注物质的自然属性。

【57】 重产：习惯于关注物质的社会意义。

【58】 东方资性本人：资性是高于以物质为资本的交流，物性与人性之间的根本统一。物性与人性之间的统一，是人物统一的基础。

【59】 资物屈人：以物质财富为条件约束他人。

【60】 齐人攫金：成语，指利欲熏心而不顾一切。出自战国·郑·列御寇《列子·说符》：昔齐人有欲金者，清旦衣冠而之市。适鬻金者之所，见人操金，因攫其金而去。吏捕得之。官问曰：“人皆在焉，子攫人之金何？”对曰：“取金时，不见人，徒见金耳。”

资物之本，终归资性。物性无不待人，有不知物性之人，无不待人之物性。以性观用为哲学之命，以用观性为哲学之理。

唯物唯心之根在唯性。唯物以人用为本，唯性以明道为根，唯心与唯物统一即万古不移的为人用所服务的哲学。往复人、物、性、用之间，得失尽是学人的自学自考自答案，福祸全是心行的自检自验自判断。道由人定，德在人为。用始于学，明开于悟。

产之于人，初始为产生，再续为生产，不可续生为绝产。例如建筑，古代建筑为产物之一，秦砖汉瓦，凤毛麟角，残而不废，遗迹为宝。今日建筑，一旦时至产权期或使用年限，不但难有艺术与文史意义，而且统称为建筑垃圾。如则无异今日之时人，尤其是城镇人口大多居住在明日的建筑垃圾之中！古代许多生活用品今日多被视为古董，珍怀宝藏。而今的一次性物品，历时少至几分钟多至若干小时便成了废品。这种滋味好像给时间装上巨大的翅膀，如同将钟表安装上飞机的引擎。试想，天下道器多是绝产死产之废物，那么身居其中的人心中情愫唯居者自知！所以，识产知物，正物养人，时不可待。正所谓：不出斗室，闻道可知是邦有圣；马上远观可知此山有贤。

有恒产者有恒心，无恒产者无恒心[61]意在有学之人侧重物产之产（过程），未学之人侧重物产之物（结果）。以产为物则累官，以物为产则累民。学与未学，先造成了物产与人心的对立，后推衍成官与民的对立，唯有与不学之心对立方可统一对立。学而优则仕[62]。“仕”字与“任”字只差“士”字之上一笔。仕，字典义主要有为官和做事之意。仕，是人从侧面与从属的角度体现所学的价值。任，是人从正面与主体力学的角度努力实践。所以，古“士大夫”多是一些有成就，有一定地位和权威的知识分子，其缺少的正是正面的“王”的担当和承载。

“王”，是上通自然，下通时用，中通人心的标志和原理图，还是正观人生的理想和学习的知识结构图。据此，反观“学而优则仕”之上，应是学而通则任，通而达则立，顶天立地不愧于学之初心。学而通则任，从本质上解决了人物统一的实践问题，“学而优则仕”只能在从属的角度偶有提示于“王”已至其极。优是相对的，通是绝对的，“通”统一“优”，

【61】《孟子·滕文公上》：“有恒产者有恒心，无恒产者无恒心。”

【62】学而优则仕：语出《论语·子强》：子原曰：“仕而优则学，学而优则仕。”

“优”不可能统一“通”。世待通学通才通用，待“优”至“通”以致人物统一，方可做真事与实事。“共产”是坚定了物产之性，以“产”之共性为性，定性开物，资性人用，此正是人统一物的最高境界。人创产物，物产养人；以性发用，以用证性；共仰人性，天人并育。（并字倒置，并化共生）学悟“公共”一词之理是谓今生向上之基础，从而以性为体，以物为用，把人与物统一于知恒性（共性）者有恒仁，有恒仁者有恒人。恒仁为恒人之根本。识恒性者识恒用，知恒用者有恒心。有恒心者开物生利以致公用，无恒心者守物趋利贪私用。所以，无恒产而有恒心者，惟士为能[63]句列篇首，催人学习。唯学而有识之士，能“无恒产而有恒心”，界定了积极与消极的人生。孟子将“有恒产者有恒心，无恒产者无恒心”，句列篇后，不舍不学，劝俗务产，慈悲甘愚不学的人肉之身。

此正是：

请问恒产属何人？是属天下知心人！

尔若与我做生意，我命无价请转身！

粮养天下人，利让天下人。不养不学人，不让

【63】《孟子·梁惠王上》：“无恒产而有恒心者，惟士为能。”

贪利人。唯利使民以恒产，即物化人心，以物安民之身。正性立身，德位能任，即以正安民之心。安身以物是以利（恒产和动产）诱人，安的是命躁欠学的迂腐之心与胸无定义、行随浮论之人。以利（财）要挟人、以财利使人是以利陷人害人！待民争利，嫌其贪财利而治其罪，不先兴正学【64】而治其人心物化，则难以彻治。德利不分，人性物化，以利使人则势必培养和改造出一家一国的唯利是图之人，更催生人人争利、与国争利的征命之人。先有人人趋利后必为利而战，为利而亡，利尽而止。论利可以一统西东智慧，利论可以研讨西东人生。是观之，大德先利为公，人肉先利为己。思溯根本，行照初元。莫论谁人，终难越因爱而生、正利有养、至德而成、得真而化、由始而终之五行一体之外。古语云：刻薄成家，理无久享。“子孙争财，财不尽不止；妻妾争宠，夫不死不休。”再如《岳飞传》中早有明言：“文不贪财，武不惜死，天下太平。”

由是，引导人心子真子正，奖以认可，励以名

【64】　正学：未脱离一线劳动之学。学习与生活脱离劳动，是人类最大的文明退化。今有言“接地气”多是口头之“接”，而直接“一线劳动”，才算是真正的接地气、接人气、接正气。正因为“富而脱劳”才使得富不过三代成为定理，如果代代正学“首富人”，必不忘根本富长存。

分，助以财利可一试。用财之道，以为人使财谓有制，以为财使人谓财奴，君子不为。识奖励之理，知资助之道，可得人心。识得名利必在心真行正之后方知根本，而非在贪名图利之余可以后成。以正言利，少受物利之扰，以利言正，必受物利之惑。心安身方能安！心之所安，本性人心。

世有恒仁，人心之外何谓恒产？人无恒产是今古之事实。若有物质之恒产，请问祖上秦汉之家今在何方？几人记得十代之内之祖宗亲友之姓名？人无恒产而有恒心，有的是学习进步积极向上的真恒心，恒心即常恒产！天下恒产皆动产，不动之产属死人。恒开新用之产为真恒产。为用而产则应需，应需则无盲产。法心而配之产为活恒产，活恒产分配于活恒人为分配之常道，古今无越此实。所以，“有恒产者有恒心，无恒产者无恒心”者必是以私己之心观天下心，等待时代改造之人，也必至“无恒产者有恒心”为止。近相亲，远相贼【65】。心不与人交者，人则不予交心。心若与人经商者，人必以奸商相待。心若与人同学者，则天下尽是同袍。所以，不以道立正以人肉为正，不以明服人以利服人，恰

【65】 近相亲，远相贼：古俗语。

是百败之根、万害之源。

世间人与人之间皆小事，皆可以人与人之内部解决。人与自然之事为大事，唯有大事人类顺应自然。百姓俗理仅唯一，即人与自然、人与人之间的统一。人物统一为精神与物质关系的奇点。此奇点如似管子“仓廪实而知礼节”的“度”，是穷于物质之后必同心求利的结尾与开始。财不须富，有制则余。人心不齐，务本自一。唯以语言文字取信于人，不如与同命人将心比心、以心换心更加真实可信。古人之交，初唯论本，本立道（事）生【66】。今人之交，初则论事，先事后是，本末倒置，自乱丛生。事不先于理，理不先于事，事理同生，事理同体。动则先事先于后事；静则先理先于后理。如人先有祖宗，后有子孙。事入于史，理存于今，即理离事显真。事理本一体，参议自两分。分生虚事（唯存有理论中之事为虚事），虚事生虚理，虚事生虚情。虚理即屈理屈事屈人之源。重理轻事必失于情，重事轻理必叛于道。大事用情，必毁于慈。大得怀私，必败于途。

【66】 本立道生：语出《论语·学而》：“……君子务本，本立而学生……”

正所谓：

情胜于理苦一时，理胜于情苦一世。

但愿人生黑眼睛[67]，看破眼界顿重生。

明辨即辩证之根。事理之辨，唯有回归初元、自正其是方得清明。事理之争是二争一，至一而止。一形唯正，一心唯真，一道唯是。是与正本是一体，至是自明，至真自正。唯正是证，可以主辨，正在人心，可以导人。人不能知无关于人之事，所以无事不关乎人。以人心之正主导事理，何须百种方案选择，大道直行即正成。若无正在心，纵然万种方案，岂能救得了心无正见之人。

象学以人心为核心，而非以核心为人心。象学唯人，理学唯核。世上有人用核之实，无有核能使人之先例。象学以天下物为实，以人心实为是。探明唯心之根，则能认清唯心之用。探明唯物之理，便是掌握唯物之道。唯先知心，始生用心。心物之间，在人一身。身体显物，作为见心。若一人之身心未能统一，则是病态，何谈言行一致。物含心之本，心发物之用。由外及内为学习，由内及外即应用。纯作唯心或唯物的事理之辨即是唯心，以人之心行

【67】　黑眼睛：朦胧派诗人顾城《一代人》中的一句。

主导的联系实际之应用即是唯物。现实生活为辨之主体，人心本性为辨之根本。有人说“唯心哲学是一朵不结果的花”，我认为，不结果比结假果好得多，结自身之果比结异体之果强得多。唯心源于自然物质之间，往来于人物关系之内；唯物多与人造科学相结合。以利人为真，研根究本，确定终始，序伦顺逆，排定辈分，则自见真之为真、假之为假。今日宗祭无统一，人不知何处可以自照，使自心混乱尚不可惜，唯惜后辈自以为是！古，《大学》【68】本人心；今，西学重资本。所以，至今西学伦理仍在混沌之中。

哲学不特指任何个人与个体，却包涵所有人与事，而哲学家代表很多人。不分清哲学与哲学家，则分不清人与物，人物不分就没有人物统一。生命有限，智慧无限。所以，给鲜活生动的现实事物设定程序是可笑的，远不如从满眼是概念、满头是“帽子”之中解脱出来，重新祭祀知之伦序更加有益于今。是家之子，自定自位，勿忘根本！正所谓：吃错奶的少，叫错娘的多！人不忘本，学由此成，悔唯此路，迷止此津，飞起此点，落唯此岸，逃之不能。

【68】《大学》：《小戴礼记》之一篇，传为曾子所作。

父母生子二生一，道生往复为一生二。二不关一，不知一二，道不关人，不知其可。穆勒在《功利主义》中以“最大多数人的最大幸福”之意识偷换概念为“公众幸福”或“社会功利”或“社会繁荣”，乃至以此言“效率”，其心量有限。若是为了大多数，请问谁是少数人？人心无大小、部分之局限，所能局限的只有眼界与胸怀。先人后物乃正道，先物后人是归根。人心必以人心换，功名利禄皆浮云。人心的统一必通过哲学、社会科学来完成，不可能通过单纯的谈判、争斗与经济的交换和自然科学技术之革命来完成。慈是单向的，爱是相互的，情是无界的，义是唯一的，慈爱情义之于人，凡凡一统在人心。人是天下的根本，心是今古的主题，《天下一心》是对新命提出的古老考题。

哲学是求真、求正、求是以知终始的工具，与体所系，是构之成，与机所会，直说正明。道同锹、镐、锯、凿之类，都是简单实用的工具。君子善假于物[69]，凡夫穷稽于古。找到人心根本，便求到了社会与哲学的根本。在找不到正根真本的、心物还未统一的哲学里，仅以概念为结论多未成熟。

【69】《荀子·劝学》善假于物：善于研究外物并利用外物。

自古就有人认为世风日下，人心难测。殊不知，人心唯以心性相亲相近，而非是用来测的。曾闻有人欲借俗事以观他人人性，殊不知，人性主导人的心行，而非是用来观赏的。以观赏之心把玩他人人性之人肉，唯叹其自私自是至极。类同买显微镜观人，借望远镜观己，真好一个“雾里隐芙蓉，见莲不分明”【70】！世风日下是以旧观新、以个体观整体的自我之心在作怪。亘古及今，心近于性，则可以导引时风。时风化俗，便是世风日进，代代更新。史事如是，史风在兹。所以人与人之间还有中外古今、男女长幼的分别，而心与心之间却只有性相近、心相应之事实。

此正是：

我心与你合一心，是苦是难省一人！

道合之后再言情，会心一笑两通神。

近性近诚，应心为信。今日之“信”是“言”与“亻”的组合，信人以言。《甲骨文字估林》0026、0028、0029皆应为信字【71】。《汉语大字典》

【70】 晋代《子夜歌》：“雾里隐芙蓉，见莲不分明。”

【71】 《小屯·殷墟文字乙编》：“丙戌卜，亘贞，子卩其出口？”金文有“子节爵”，“子节”疑与“子卩”相同，若释为“子信”或许更妥帖一些。“癸卯子卜，至小宰用豕卩”《殷契遗珠》不应释为猪屁股或以猪屁股作祭祀之用。或可以释为用猪做信

中"𠆢"和"𢗖"为信字，前一个"𠆢"即人之身后有口，史有定论的大象，意为以人的历史评鉴为真实而可信。"∀"，此象示"丨"形。（丨，音衮，上下贯通之意。）"∀"上大下小如同瓦工线坠，求证身心于天地一心，象通上下一心原理。丨意为上下贯通，一贯如一。后一个"𢗖"形为两颗谦虚的心。单独的汉字"心"（𢗖），心内两画作向内包涵之状，聚力朝中。"心"字的字形为"𢗖"，上部留空表示心虚在上，心上可以接受向上进出的重要信息。心因虚而相应，"𢗖"左心中部有一个"小眼儿"，即"𢗖"，正对右心，即"𢗖"的中心部位，两心各示其真虚与真实之处，真心相对，以空对中，相应相印。"𢗖"信字中两心各为"o •"两形之象，"o""•"合一，是生真心。心字上部两画作莲花盛开状，仰天开怀，以虚待诚，毫无藏隐，虚道示人。以人与人相知为信之实，以人心与天地之心相应为信之道，以人之后世总论为信之本，实、本、道合

物示诚而卜。在《甲骨文字诂林》中，0026 [illegible] 与 0028 [illegible] 和 0029 [illegible] 应是同一个字。而 0027 [illegible] 则应为欲以言语使人相信之象。对于古代留下来的历史文化遗产，应属于全人类的。凡有出土应及时公开，使天下人共赏共释，不应将祖宗遗赐遗产以种种名义，私藏己有，或待一己以私释后售书与人，以免空将自己之狭小胸襟昭明于天下并后世子孙。

于一体以立信[72]于今。信是诚之名，诚为信之实。信以实为本，本以诚为根，虚实一心，信性同诚。诚信相近，共止于正而同性，共出于性而同真，此即信之真义而非仅以“亻”借“言”而为信。今仍有人欲以言取信于人，实是不知信之正道。不通信道，则难得信本。不知本必致以自身难信之言欲取信于人。如则天下互欺亦自欺，人人相欺难止息，却不知人难信道而道俟人信，人难欺道而道不欺人。

不悖天性，可正人性；不悖人性，可正世风。真是信的标准，正是信的尺度，美善是信的内容。《汉语大字典》查“正”字，不在“一”部而在“止”部。意在万事万物至一而止，止于一为正。知正而知偏，知止而知耻[73]。初见本心，天下一心。所以，人心相应于天，则信天；相应于地，则信地；相应于人心，则无不信。时俗信行不信言，历史信本不信末。可见，预知今居史上位，最补试验见真知。古之“乡

【72】《汉语大字典69页》“[illegible]”、“[illegible]”二字与《甲骨文字估林·尻0026号字（65页）》有同妙之处。其中：[illegible]·[illegible]·[illegible]孙海波“[illegible]，人名。”《甲骨文编》354页。张秉权、李孝定、陈汉平三人皆释[illegible]为臀。余认为“臀”字一说，最接近本义。[illegible]应为信字，音亦读信之音。“[illegible]”字人形上都有冠之形，意为权威者，其后有“[illegible]”，意为权威者所说的话在其身后，执行者以此为信。但若将“[illegible]”作“屁”解，未免不妥。

【73】知耻：《中庸》：好学近乎知，也行近乎仁，知耻近乎勇。

校”[74]，论道于野，若遇明主允而不咎，若遇非明，轻则殃身，重及九族，史证不胜枚举。所以，一言可以验人定人、验世定世、验道定命，天人一定，唯愧于学有不足自障自是之身。人心之中，无正则无耻，不知信道则人心难安。心不安则身难定，世焉能安？风焉能正？正心正信，心正信正，正立诚生，法在其中。有形在一内，无形在道中。有形之一，循今问古。无形之一，自古正今。

人物统一，问可问行。人贵粮贱，解粮入口[75]。旧粮曲解增新祸，新粮直解化旧心。粮命服人，粮定心安。解粮立事，人人亲近。解放人肉之底线需求（以衣食住医为“红线”），确定肉人之底限（以人心为“红线”），为“执两”并“用中”于调整趋物为主物之方向，转赴物奴为奴物之格局，共同进步人肉至肉人之需求。以粮谋利伤人心，放

【74】 子产不毁乡校，出自《左传·襄公三十一年》。乡校：美国20世纪60年代提出的学习型社会的理论根据。

【75】 解粮入口，《先利合营》第二版：自天地而始为解粮之根，后有放粮救人为粮道之用。粮为人道之重器。以入口为正命。人，三日无粮则力疲，十日无粮则命难存。钱能使人难使粮，无粮能自钱上生。粮心入腹会良心，情自中生运化成。粮食之粮事，在任何时候都比核武器重要。人之重器直关命，莫以重器仅为钱。不曲粮之道，人道可久存。立事之初从如粮食一般现实的角度出发，首先解决人的基本生存保证，再布局更美好之生活则会不偏离主题。

粮养人人感恩。开土治心，圜土[76]有道。人居圆中，将自正其心于一。圜土之理，治物制一，制一得一，得一可收不一之心。放土归心[77]，有志为人用之心，则志士将归心自正。若仅为趋利，为利予土伤人心，伤心则人心散。与人交心胜过以土摄人、以粮摄命、以一己之私挑战历史规律。先利后授[78]，功不拒人。文璧易德，断绝贪心。

明道不妄，有道不赌。唯趋物质，无异于赌徒

【76】 圜土：《周礼·秋官·大司寇》“以圜土聚教罢民”。圜土，相当于今日的监狱。从结构学上说，球形的建筑是最科学的防逃设计。圆土无角，不论在其内如何运动，终必归于与正中一心，此心即制土为圆之初心。执方可议正事，规圆可治余角。圜土是教具，毋以教具作刑具之用。善教者不刑，善刑者无教。刑具不作教具用，虽死不服。正所谓：积善无量，积怨无治。

【77】 放土归心，《先利合营》第二版：土，土地资源。归心，归于人心人性第一，而非是仅以图利为目的。在给予基本生活保证的前提之下，再予以最现实和稳定的创业物质基础与机会，则无人不心悦诚服。土本天生，非一人能私其所有，是人得天助人助的第一基础。土地不予趋利人，难有大祸烦恼心。

【78】 先利后授，《先利合营》第二版：定义：先利问是，凭是授作。事前辞名，事始授为。事后授名，事止授命。后授应辞，礼作约成。是谓先利后授。

宗旨：授成授是。成不妄作者之情，败不伤众命之德。

目的：礼仪化人，令利服人。

方略：强化公司模式，开放竞争机会。能有所向，贤有所往。德则有位，能则有作。制不屈人，度不弄人。还利于道德，还命于天地。

作用：化解矛盾，转化责任。平息浮躁，保全利益。

弄钱。以物换名终是空，以位使物寒人心。直予以物，难以服人。欲以物服人，无异于以欲换欲，以愚换智，自取其辱，难逃明眼。正所谓："皇帝的新装"，予人意味仍深长。先予钱财不如先予明道。以机会对人，以物力辅成，必获人之诚服。以明道解其时惑，必获之感恩。未明正道，而先宽容，必受其利用与嘲笑。

共证明道得双立，予人机会共双成。双立双成，天下一心。有粮自用不伤德，有智正用不伤情。家未允而公物私舍，必伤自家之亲心。正所谓：物私藏，亲心伤【79】。物私予，众心寒。目无人，离叛忙。

天下风行，烟火传承。善用下风者，尘灰其上。例如烟斗，移风用火，火令香生。善用上风者，尘灰其下。例如灶膛，局火用热，取热养人。所以，五行以水为本【80】，意在取五行宁静之道，以施管理。五行以火为本，意在取五行变化之道，以指导运动与创造。火最积极，人心如火属阳，所以星星之火，可以燎原。行为如水属阴，行为有界限、有节制，首先服从天地之自然规律，再服从当世社会之现实。水知"时务"。"长江后浪推前浪"者，

【79】 物私藏，亲心伤：《弟子规》，物虽小，勿私藏。苟私藏，亲心伤。

【80】 五行以水为本：司马光《资治通鉴·汉纪二十五》李寻："……臣闻五行以水为本，水为准平，王道公正……"

必是后来之人。执古御今[81]者，唯有先知。由是观律，终不越人物统一关系之各宜其宜，各尽其力而已。

烟火齐向上，大道示千年。统一亦向上，师法大自然。明道问上，学“光”之正直。知用问下，止实于“地”以了解实用之现实情状。如则，上下相知，上下一心，天地一心。若上不知下，常见浮尘障慧眼；下不知上，难免碰壁复疑猜。殊不知，天上尘土难耕种，田间秋虫不知春。今西学独言二元[82]与一元[83]之论的静态理论识见，真不如中国

【81】 《道德经十四章》：执古之道，以御今之有，能知古始，是谓道纪。王弼注：上古虽远，其道存焉，故虽在今可以知古始也。古始：源头。上古虽远，我辈今存。不忘根本，生活有序，没有迷茫。

【82】 二元论：代表人物是古希腊时期的柏拉图和法国的笛卡尔。“主张世界有精神和物质两个独立的本原”。

二元若能成立，人早就脱离宇宙了，人的心和身早就分离了。如则会导致人犯了罪，是心因性的则治其心不能伤其身，是器质性的，则不能伤其心的娱乐之中。

【83】 一元论：代表人物是C.沃尔夫，德国数学家、物理学家、哲学家。一元论发展到今日，概有：唯物与唯心和辩证唯物之一元论三足鼎立。依象学而视之，“一”属象下之形与形下之数相结合的理论。象出于物，物为象之根。而以一为论之根，终难越以理论理和以理论数的层次。须辨而证，证知其是是一个无限循环理论。如同傻老婆做饭，水多了加面，面多了加水的实例。为“一”找到现实之根（物），则一元自归于本元，本元自归于本物。一归于本，则实见是。因是，遵象学之规律，将一与本合一，一回归于本，则顺应了无物不有其本，论必务本务实的物证之大道。

元朝小说家罗贯中在《三国演义》中所言“天下大势，分久必合，合久必分”。

此正是：

出路在正路，爱心自初心。

仰问天外星，惊闻夜抚琴。

天地造物，明列存亡。人伦化物，序列生死。史伯“命物”，以“和实生物”。老子“知物”，以“无生有物”。孔子“格物”，以“和仁应物”。孟子“养物”，与万物一体。庄子“齐物”，不“以身假物”。荀子“用物”，“善假于物”。康节“观物”，以人言物。封建“卖命”，以命言人生。新学“唯物”，人身怀物心。时人“卖身”【84】，以身为物，人物入市，男趋物利，女趋浮美。大道任人，自往自复。知道不惑，顺道自成，本人知物，正物致用，不为物累。仲尼述《易》，开物成务。实道于新，风流人物。西哲造物为始，人造为界。东学本物开元，人物一

“一”无特定与普指的实物。“一”实为物象之形如一。一是理层的，象在道界，物在实界即在是界。数以一为是，一以象为是，象以物为是，则天下一切之数、理、象皆清明于实物实是。

依象学“实物即是，物不须证”的学素，而将一元、二元论归纳为本物论，而非本元论。不但实化了一元论，以物证统一了唯心、唯物辩证的论证，更为二元论找到了可以知是的根据。

【84】 卖身：甘做利益的奴隶。

体，道法自然，以天地为界，以今古为限。西东之别，在论与伦。西东之异，在物与人。

大事人使物，小事物使人。自古至今除自然灾害之外，物利之争几乎全是因人成败，而无一纯是因物的因素在起决定性之作用。人的问题，以顺人之志、应人之情、尽人之才、用人之能为人道之动脉，以知人之心、识人之性、合人之德、明人之利为人道静脉，以共仰人本、同修人道、移心换位、先人后己为人道正脉，而观世识势仅为务本之下一等的问题。美善如似双翅，思行真是步伐。用人在用心，用心在用真。不见世事势，但见一人心。

生生万物，天地所有。史称之私有、集体有、合有等众有皆是暂虚之有，人之后天皆智有。智有唯学，学而则有，不学则无。日擅谋，美擅算【85】，礼仪华夏尚自然。轻轻问：天下谁人能越地天，仅凭制度可保长年？

人物统一至人物不分为至境。见天下人物之用而不分是属谁人，即立用以统一物，为人以统一用，人物一统在人用。立用统物，则物主自向物用而动，人物自来一统于人用。是观之，不分人物，而见其

【85】　日擅谋，美擅算：日本商业思维善于系统谋划；美国商业思维精于数学计算。

用者上；先分谁人与谁人之物，而以物用与人力易价者下。人物不分者，人与物自来归心一统；分人分物者，其人其物早已自名货人货物在先。未明人物不分之理，无缘无产有恒之阶梯。

天道并作，万物并育【86】。人生无并，序作合生。

有道是：

俯仰上下修正道，和合西东认血亲。

看破有产修无产，人物统一待时新。

【86】 万物并育：《礼记·中庸》："辟如四时之错行，如日月之代明，万物并育而不相害，道并行而不相悖。"

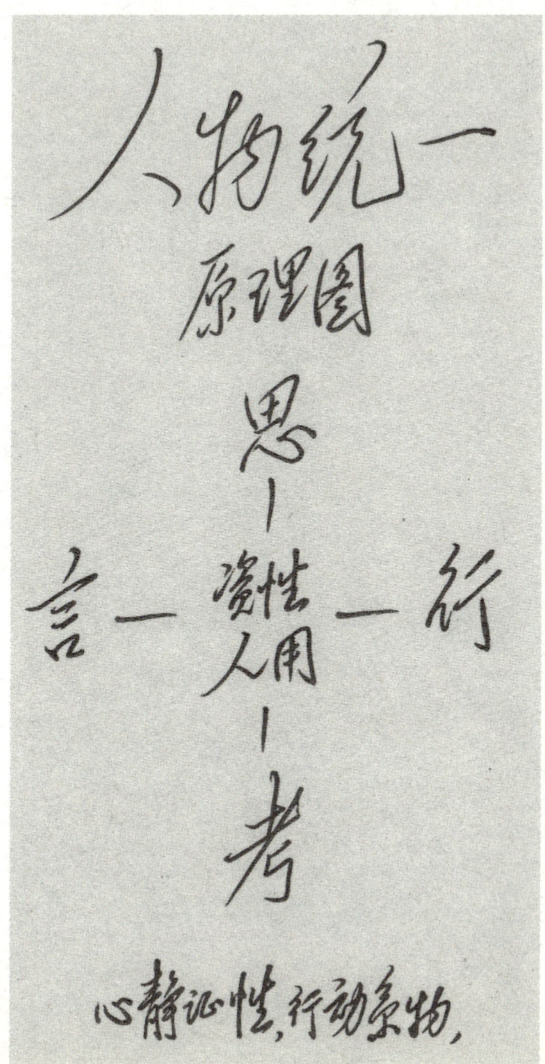
人物统一
原理图
思
资性
人用
言
行
考
心静认性，行动象物，

人物统一原理解：

思：如同布局农田一样布局
人的心行与现实生活.

考：考证，求是问真.

言：研究理论，防止盲目.

行：实践的渠道.

资性是哲学的角度，资本是生意的角度，资物是自然的角度，资心是文化的角度。心、物、本、性，共候人用。资物资本，以物化人心，资性资心，可通志正用。人伦物伦，伦不可乱。工序事序，序不可逆。人物统一，无言有恒，此便是人物统一的大致。

過眼留玉

牢騷無奈問迷茫
莫待刀兵解愁腸

四、西东合生，古体新用

人生无我，天下无他。西东合生，明确方向。古体新用，服务当今。乘风逝水，大德和生。人与万物，一心同体。日心说【87】是让人展开眼界，从大宇宙的角度来认识人类，而非从太空认识内观应子【88】为最终目的。由人向外的认识和学习，已使道向外求的西学物化哲学和证向物求的实证科学渐入绝境。西学以实验物理来验证理论物理的真实性，实质是首持怀疑理论物理的怀疑论的真实体现。怀疑论与假设论是西学的根基，也可称以假为根以疑开始。由是可见，西学轻理论重实验，也正因为轻理论而

【87】 日心说：以太阳为宇宙的中心的学说。

【88】 应子：应，《说文》作“[illegible]”形。“[illegible]”是一床形，此床竖立，意指安定而非真躺在床上。“[illegible]”意为心上所想的范围与内容。“[illegible]”是一鸟形。“[illegible]”是一人形。综而观之，人之所思如同在床上躺着一样入静继而入定状态下，才更容易找到梦想与现实生活的对应之处。“[illegible]”人躺在“[illegible]”床与“[illegible]”鸟之间，意在思绪如同飞鸟一样无拘无束。镜中所得是对静中所得的描述，镜因静以至定而得道，惜有不知静之可敬以至于今日的镜子都快要疯了。子，是静、净、敬待人相应的模范与标准。

事内之因子与物内之原子等所有素子皆应人之所求而鲜为人知是谓应子。应子包含一切已知和待知之子。应子不求人知，应人求至真而知。人对事物之内的科学与哲学认知皆用“分”之法，即从整体向部分之方向求而知之，此正是西学的长处和致命的弱点。现实之中，最完美的子是种子，而非是人以“分法”所现的种种之子。

导致了西学的人伦残缺不全。同与日心说对应的东方地心说[89]相比较，日心说是以物观人，地心说是以人观物。以认识地之道为目的时，日心说是参照。以认识天之道为目的时，地心说是起点。识地是为与地合利，识天是为得天之利。所以，日心说指导地心说是学习，地心说指导日心说是实践，单独地强调地心说或日心说都是脱离以人为本的片面之说，中国古代的我与天地本一体[90]恰恰弥补了偏执之见。西东合生，古体新用，正是道向内求的性命学科与证向外求的推理科学同心相携，福荫时人的共同机会。

此正是：

西东新古会在今，但问兄弟谁真心。

老虎不怕口水战，最惧酒后二郎亲[91]。

【89】 地心说：以大地为宇宙中心的学说。地心说，以地为人的根本出发点，指导人的心行是地心说的本义。人本来就是围绕地心运动的，而地心围绕太阳转不因人的意志的改变而改变。未明人道，而仅论哪个围绕哪个转的问题，有偏离人生主题之嫌疑。

【90】 《庄子·齐物论》：天地与我并生，万物与我为一。这是物化生活的先例。从天外着眼则天下尽是小事，小事便于着手。从根本之处着眼则世上处处尽是生机，生机主导灭度。心中立定真根本，此正是天下一心终始往复的生生之门。

【91】 梦中武郎知虎，虎不胜酒。武郎吻虎，虎瞬醉倒。复，虎半死；再，虎立毙！知者智胜，何须武力。复梦遇西东今古之争，确其“今”

明通人与自然、人与人之间的矛盾，才能明道人与社会的矛盾。要解得清楚此一系列矛盾，须先将人与自然、人与人这个啰嗦的西式提问，回归到天地人之间的和谐统一，即天人合一【92】的精准命

为机关要害，令其在今之处实而践之，立验。读君不信，请阅先哲李大钊之《今》一文。

【92】 天人合一：天人合一自老子、孔子、孟子、庄子之后大兴于世，但与更早之史伯的“和实生物”思想相比较，天人合一则有最有用的废话之嫌。人何时曾离开天？谁人曾离得开天？谁非实人活物？谁非和美合生？世间万物哪个非和合至实而生？可见，“和实生物”是人道与物学最根本的结合，更是在人类历史上第一个科学与哲学相结合的典范。

凡是自名皆自限，胸无人心空有佛。对天人合一思想的阐述，最常见的有罗列道、释、佛、医等诸家之见解。殊不知，天人合一之正解定是唯一，而不可能是二或多解可以解得清楚。可见，欲求正解必先溯本义再参考诸家之认识。

道家之重视自然可以肯定，其回归自然，非归于自然而止，应是回归自然求得根本再出发，成就积极向上的人生。禅宗“人性本来就是佛性”之说本末倒置。世上必先有人后有佛，先有人性后有佛性。佛祖亦是父母所生，岂有佛性能生人性之实。佛字至今仍需借单人旁“亻”以成佛字，无“亻”之佛，一弗是也，“弗”有不行、不可、不能之意。人类修习的目的，不是为了去除外界和自身的欲望和蒙蔽，而是以正视、正用为宗旨。若尽数将人欲去除，则将天下无人，绝非佛僧之本义。只可惜佛家不自生育，空说父母苦，口头尽孝，贪图往生乐。今僧多逃避了人生伦理的根本责任——家庭人伦的责任，却反过来凭无家庭经验之身指点家中之人，故难免今之僧人将做空昔日之佛家。

凡凡诸家言天人合一，皆借文字论述。天人合一亦借文字成文。文字亦字字为象，图亦是象，以象学解析天人合一应是最近本义之路。天下一心也在天人合一的大象之中。

天人合一之于人，用“恩”一字可解。恩字心上思念之因，以人为中心，心中不忘人为恩之主体。观恩字心上之因：因外之“口”形，形

大为囗，形小为口。（囗字音围，围绕之义；又音国，囗义同国，范围之义。口字，有器官之义，有言论之义，有关口之义）囗口之于恩，口取饮食之义，最初给予自己饮食的是母亲，及至终生也是母爱最伟大。生而为人，勿离人事。囗，意在人生思考的范围以囗（国）为界，国与国之间的事务是人之思行的最大主题。囗口之于人，是人生最大的两类恩惠。从饮食到智慧合一在每个人身上，是真切现实的事实。

恩中有天，天在恩中，即“恩”；恩中有人，即“恩”；恩中有合，即“口”与“因”中之“一”并人为合。天人合一，隐于因字，藏于人心，意在天地生人之恩、师长教我之恩汇合于我一身。人不忘本，则天地父母、师长亲友以及万物之道自会与我合一。恩是天人合一的象学之解，请多指正。

“叠”不念字，是文字拼形的游戏。

天人合一，证明古东方从“合”开始认识事物，与西方以主客二观及相对之“分”认识事物的差异。所以东方擅长整体包容，西方崇尚个体公平。殊不知，子女与父母不可能遵循理论上的公平，是最公平的现实。西学之追求绝对公平和自由的普世价值，只有等子女能生自己的父母才能实现，否则便非甲乙双方的平等关系。西善物论残人伦，东尚人伦次物论即是西东方思想与精神最根本的区别之一。

西学自古以“分”识物，以“分”识人，却难以“分己”而识己。如，“再好的脑科医生也无法给自己动手术”之例。自分不能，所以就创造出了“自物体”，和为逻辑命题的“循环论证”之类的怪胎概念。

天人合一之道，简言之：天之规律在上，地之规律在下，人之规律在中，将“三天人地”之三大规律上下一统，合一于“王”。王，权衡之正义。非“王”之道，难以识天之规律，难示人以光明与希望。非“王”之德，不知地之规律难以导人的认识。非“王”，难知人情正义，难以指导人的现实生活。

所以，非“人”无以是恩之主体，非“王”无以是团结凝聚之中心。“王”，统师、长、亲、友于一心，集慈、爱、教、导于一身，恩之所及，惠之源头。天下因有“王”而百学有仰，天下因期与“王”一心而百命安定。

心与“王”一心，则天下一心。行与“王”合一，则天人合一。

题之中。天人合一之中无矛盾，天中含地，地上载人，天地人各安其位，各司其职。矛盾尽在人事之内，人与人之间有矛盾且随着辈分的提升，矛盾随之化为无有。无人能与始祖有任何的矛盾，更无任何对立，人人皆与其祖是绝对的关系，绝对关系是人人之间的主要关系。提问以问题作回答，命题以题义为主导。“西眼”左矛右盾，“东目”左右和谐。相由心生，言自心生。由是观之，自天地自然关照人本的东方性命科学，即是万物一体、身心合一、知行合一的象学【93】哲理。于此，

【93】 象学：

定义：识象宜人之学谓象学。

宗旨：论系实物始，言宗为人开。

目的：明性正始，资性本人。

方法：探远用象，究近开物。观物取象，取象定性。资性人用，化象辅用。观人取象，取象定性，象用于自然科学，资性而用，见性知用，用于社会科学。

论，论述，论理。象学之论，必关系于现实实物，而非仅以概念论概念之虚论的逻辑游戏。

系，联系，关系，实系。系为象学之脉络。

实，现实，实际，真实。实之要求，直关现实生活与现实物质。

物，物质，实物，承真见实之象学载体。无系实物之象为理，有系实物之象为义。论理至义为用正，发义生理为正用。物是象学范畴的核心。论物以外必接于物，论物之内必系于物。

始，肇始之前的出发起点、蓄势元点。

言，定言，定论，可依可信之真实理论。言定于实物即实象，如脚踏实地。言论至真之理，是有物证是定论。

学西之人很难以拼读语言为语根，解得清以“取象定性、资性人用”为义理的象学本义。欲解西东之困，先使西东语言文字溯源实物，继而统一文字再统一认识，共确初宗，则凡心中有浮惑，瞬时迎锋化碧空。

西重物理，东尊人心。东学之方向脚踏实地，因物取象，取象知性，知性得义，本义开理，从原理派生方法是指导实践的学问。仰观本源，资性人用，上行向道，下行为器，往复道通，学用结合立定东学命题。西学之方向在俯视向物，以现实方法求证原理，例如，以伤治病，崇尚手术，知向内求，依赖程序，以破立道，道由己出，度量他人。所以，

宗，宗言定论，宗物定言。物为言之体，言为物之用。

为，指导，作为。

人是象学的主体，生命的载体。人是象学之核心，承载人心即是象学的中心命题。人象名人像，人像因宗人之物身而真实，物身赖心动而鲜活。识象之序生，得象学之伦理。伦理无反复，论宗伦者为至论，伦用论者请羞心。先生人心后生人身，身载心象并立，此谓象学之伦理。静态理论是象学的瞬象，周期稳态是象学的定象，生态序动是象学的常象，无律幻态是象学的假象。瞬、定、常、假四象，皆俟人所学以知之。

开，开发，展开，开端。

象学，为人开物。万象系实物，事理宗象真。实事物理，真形实相，以人为本。

目前，最常见的象学实例即是一切图书、影视和互联网。

在中国古代，近视眼、“花眼”的多，人越老腰越直，自西学东渐后配近视眼镜已成产业，不单近视眼多了，腰也弯了。量古衡今，轻道重术，轻哲重文，轻人重己，如则岂能屈责时人之气躁心浮，近视短见，轻义重财，轻人重物。道籍时人，哲托时事。爱遗天下，自照初心。

欲重物性必本于人性。百思不如浅学，量小不如大度，评价难越平正（评价由标准，是西学经济的手段；平正由根本，是东道人学的原则），竞争不如合作，计算经济的数学账不如正视生命的倒计时。不以益人作为正行，却以名利作为根本的设计是荒唐，述宣是误导，发声是取辱，造物是犯罪。所以，观世间一字一句，一言一语，一笑一掬，一图一画，一物一作，可以知其心，亦应知其命运之大致。天地有心而不言，百姓日用而不知【94】，往圣有盼任人识！西方选举，东方修成。所以，东尚道德，西凭技能，东以人为本，西以利为本。本人问性以凝命，本实问命以正位。德则位、能则任，行之以正，正位凝命【95】深根在人心本性之中，于

【94】　《周易·系辞上·第五章》：“百姓日用而不知。”

【95】　正位凝命：《易·鼎》：“君子以正位凝命。”正位，即命运安排在于得位在正，位正是凝命的最基本要求。正，是位之命所以能凝

是则无乱不治，无忧不化。

中国人言天，乃一作用。言人生，亦言有魂气，实亦一作用。此等作用，其地位乃在体之上，不在体之下。在体之先，不在体之后。[96]天体为元，体天为始。体为用之源，用为体之化。识体致用为一之生，理问本体为一之返。生生返返为一之实。一返一生，为一之化育在现实之中。现实生活求致一，致一生力量，反之称理论。眪视今日竞选或称海选，以无期限拍卖选票，并冠以集体主义并被表演政治[97]所主导的时风，可一览西哲的联制趋利之本心，自此便诞生出创可贴式政策[98]和越来越个体化之社会。万人竞选，根在时无大哲，无百万之众，不如一贤[99]之人所致。此世局的形成主要源于人心向物心求安，物化人性的西学大势之积疾。

的唯一标准。众位之中，只有正位可以安定长久，正即社科之中的“是”。正所谓：“日正为是”“日正为藏”。古文中的“是”有“昰”之形。正是一体，正直为真，是东方古老的认识。

【96】 钱穆《现代中国学术论衡·略论中国心理学》。

【97】 表演政治：如同小商贩沿街叫卖小商品一样，在街头表演叫卖自己的政治主张，为竞选拉票。

【98】 “创可贴式”政策：头痛医头，脚痛医脚，未从根本上表里通治的作法。

【99】 不如一贤：班固《汉书·传·王商史丹傅喜传》大司空何武，尚书令唐林上书言：“……百万之众，不如一贤，故秦行千金以间廉颇，汉散万金以疏亚父。……”。

科学如人之身，哲学如人之心。自田间缩至房间将哲学理论化，脱离现实生活乃自行边缘之根源。今，哲学沦为科技之说明书，美邦哲人无尊位便是实证。幸，今有沧海桑田，人心同温！所以，天下经纬，非人能乱，唯不学不知者自乱。事以动成，物以静生。正所谓：凭知者上，凭胆者下。创业求动，守业求静。无守能久，守不敌新，以创为守者上，以守为能者下。然，无对立不产生矛盾，无矛盾不创造机会，无机会不淘汰不辨时机之人。知者视矛盾为机会，所以开发对立、运用矛盾、予人机会而非为自私其心。哲本生于现实中，如今落魄纸上文。莫怨大兴怀疑论，论期脱利归正伦。

人心向物心求安，势必重物轻道，重己轻人，重技轻哲，重程序轻悟性而物化人类。以价值为思想，以钱财为生命，恃物使人，人人有价，万物有价，则必导致名为资本实为资物、资钱之心八面出锋【100】。经济社会，价值第一，若万物皆有明价之值，则万物之间皆是买卖关系，社会亦唯剩利益之分合的关系。如此，则西哲给每个西学之人的命门上都贴上了明码标签。有长叹！西学是自己贴，东学是西学所贴。

【100】 八面出锋：对北宋米芾书法艺术的赞誉。

万法一理，兆民同宗。百制仰正，万邦归真。不以正为标准的制造与治理，终是坐以待毙；无以人心为原则的交往谈判，无非阴谋买卖、弄权使术而已。以往西学善于制定标准并输出观念，以其所无为优势认证世界，例如自由、平等、普世等等。东学唯以海纳包容之量解而释之、响而应之、笑而不争，此使人由衷地叹服东方文化之博大精深，以至于难以度量。西学有邦无国，首重个人。西邦之国家重个体之邦人，以个人拼组成国，视个人为国家之机器零件，于是便在现实之上虚拟出众多的指标，并以个体的数据指标绑架了集体的行为，再制造出越来越物化的社会而独不知东方意义的人在何处？家之本义？今日西学有数（据）无人，古东学人人有数（知根务本）。东方之国由家庭组成，家由家长主导家人。东方人自家中生养出来，人人本来是亲人，天下人人一家亲。所以，西学凭公民公决做主，人多则胜，文化亦行“丛林”之政，原始唯利。东学以正立道，议于大庭而后言则立[101]（能入大庭者，尽是善学人），允执厥中[102]，唯精惟一。

【101】 《韩非子·解老》：“故议于大庭而后言则立，权议之士知之矣。”

【102】 《尚书·大禹谟》：“人心惟危，道心惟微，唯精惟一，允

一生二为破，二合一为生。二元论是分析问题的学问，绝对论是解决问题的学问。尚二，必以相对创造绝对对立，殊不知终必绝对服从于现实生活。究本而论，联邦实为联利，联邦之地可以称之为合伙团国，合伙之邦不能称之为国家。中国是家庭、个人、民族、国家、天下（大自然）的五元一运，爱在中心之建构。西学宜于买卖生意，仿照原始选德选智，却不顾今非上古，（合众是文明社会的原始阶段）以竞为选，以演争权。东学大爱，四海之内皆兄弟【103】！兄弟齐力，同心证道，舍利争德，舍利之上唯有“好好学习，天天向上”；争德之上，天下一家，义重情深。俯瞰人生，除悔过自新、争赴正道之外的一切竞争与算计，都将是明日遗憾的主题。王者有改制之名，无易道之实【104】。所以，盼大爱同利，振东携西；“缉

执厥中。”允：诚信。执：遵守。厥：其。中：中正。危：慎重对待。舜诫大禹：重视人心，一旦违背人心将是人生最大的危险并且有错难悔；道之心十分微妙，难以明了；唯有精研人心齐一之道，才是走向现实社会的唯一正道；真诚地遵守人心之规律，并与自身之心行对照齐一，才能有益于社会。

【103】《论语·颜渊》：“四海之内皆兄弟也。”

【104】董仲舒《春秋繁露·楚庄王》：“王者有改制之名，无易道之实。”春秋：生杀即春秋之大义。以生杀为两端，合天伦于人伦，春秋之间，一贯终始。从生杀之两端把握心行的尺度，将不失一体，不中自中。

熙”[105]济西，合生问今。以缉熙之道，济西之心，化古发新，同祀人祖，天下归心同赴正道。如是则唯有量小智薄、才疏志大之忧憾，余忧一祭而解，一学而化。

天下本无西东之分，人更无西东之异，自有人定名东、西后便以西东自限为界，两分西东之人，与地理意义之西东方非一义。在信息社会里，第一个逐渐自然消亡的就是自限自私，必然敞开的是胸怀与胆略，西东将自化，一心自有时。不论西东论人心，不论势利论日新，此乃大势而非一私之力可以阻碍。俯古览今，维护私利、强嫁私理的强盗思维、破门主义，和维护私利、敝帚自珍的宠物思维、闭门主义[106]，与时新都是盲目对抗和危险的自闭。在此交杂、繁乱的时局里，以一心当作子学大门的钥匙，人人一把任开任闭，将是天下人人共同的期待。如则天下人人一家人，骨肉亲，串个门，论论亲，说说家里事，亮亮自己心，独不见天下有外人。

此正是：

【105】《诗经·周颂·敬之》：“日就月将，学有辑熙于光明。”日积月累，唯有学习能成就和引导人向往光明正大积极向上。

【106】闭门主义：闭关锁国，自闭自赏。

牛在吼，人在听，生不孝亲，无权吃奶；
禾在长，天在看，生不知农，无权吃饭；
师在教，生在学，一日无得，羞对酒杯；
时在催，命在运，生则有缘，活则有分。

勿越一己之言言一己之事，请量一己之界行一己之路。饭依食量，行尊祖序。先人先立人再成家，我辈先有家后有人，先会吃奶，后会吃饭，再会饮酒。正所谓：吃错奶的少，叫错娘的多，叫错爹的更多，忘了祖宗、忘了初心的再多。我辈识见，家在人前是根本，人在家前心已分。天下之心不分则人人有事干，事事明起止；人人有家回，心心有所照。若有迷失家人，则天涯海角，必寻其归！如则远以观象，近以观窍，听知时风，闻得时理，行知时势。

此正是：

千毫一系在一管，万绪十开立坐标。
一笔点正十中心，六体四方爱当今。
六方有框皆无门，进出皆谓有人心。
若是住在门框里，能有担当即门神。

列古问今，持今问新。只可惜自西学东渐之后，多了对自我的关照，冲淡了家庭的意义！家若不重，族为何物？族若不存，民族何往？家若不兴，国家何是？家最宽容，家最稳定！千年延一姓，万古同血亲！当今之世不论西方东方之制有所不同，然皆以家庭组成却是共性，家乃重要之社会资源，亟待开发！今若非轻家？何故只有个人之选票而无家票与族票【107】？大兴人学而舍家学？今世之人，有几人非是出自家庭？人之别于其他动物，德智第一。而今西学，以人头数量计算选票，其本质实为数学游戏，而非真正意义之选举。纯以数学公认（计算选票）为是，是公认的原始阶段。与其在表决时赐予一张选票，不如在研究与讨论时听听底层的人发发牢骚。研究家之资用若无一线之生活和底层之亲人，家与族则沦为理论上的空家空族。东学则不然，参决大事者，全是爱学人。

正所谓：

【107】 家票：以家庭为单位的社会权利之表达。授予家权，可安人人。家，团结人；权，凝聚力。强调个权，自分自散。重视家权，可益人人。族票：以家族为单位的社会权利之表达。重视家与族的社会机器之功能与作用，是减轻社会机器压力与运行资本和启动化解社会矛盾的浅层自化系统。重视自动、自律、自成、自治、自化的自稳自生系统的开发引导与利用，是高于以分取安（个体化）、分根固本之举，平衡事必躬亲之劳的道治德治之尝试。分权是分心的开始，集智是凝聚的前奏。人类凭类票，类治为阶、治类有级。小事类治，大事制类。

谁想品尝泉水甜，只能屈尊到山间。

谁知母爱恨趋利，只盼炊烟掩狼烟。

西学持广狭二义相对而论，东学以阴阳互根、生剋一体。西东之学，合则生新，分则斗狠，少论优劣，请共根本。东学大势，上古重天，立哲尊天（自然），名实相应，“开物成务”，大素见真。中古重人，直指社会，立哲现实生活，是念皆关乎人性，“仁者爱人”。后哲重气【108】，气以变幻为常，通达为是。新哲崇西，立命于概念，重言轻象，重书轻图，（若是所立之言皆仿效河洛之图书并茂，何忧好事客断图取义）重利轻人，以至于高擎超越时空之学却坠落于世俗名利之列。《天下一心》一心爱人，图文并举，唯忧思不至本，论不出新。虽哲无旧义、代有新情，却至今未越在时空之中有超越现实之学问。

人是哲学的主体，更是生活的主题，所有的西东哲问皆是新时代对今人的提问。人的问题，只有识空知时，执真在正，才能正利、正心、正东、正西、正行、正己，而不受情困、不受法累、不受时催、

【108】 后哲重气：有西友言“气”难懂，问其可曾饮过白酒？酒，静则通体透明，愈久愈醇。饮，则使人气血沸腾，积极向上。多，则倒转乾坤使人脚轻头重。未闻有凭片面一望，而不以望、闻、问、切则能知其全面之人。

不受利惑、不受妄扰、不受决疑。心正合一，胸中何须还有敌西、拒西、制西、崇西、化西、用西的分别。西东相争不如西东合生，新旧相责不如古体新用，“和是最大的方法”，生是人间的正道。东擅命题，西擅逻辑，无逻辑之命题尚能孤生，无命题则逻辑难有寄生之地。在我内心之中，唯尊根本，若仍存偏重西东之分别，必因偏所碍，且偏于何处失于何处，并改于何处益于何处。物之道，人为关，今为机；事之道，人为枢，今为纽；利之道，人为系，今一统。西东互贬皆自障，人事分离理不清。不论谁人今昔的是非，都最终将团圆在历史的谈笑之中，且自得其果自负其责。

西东合生，以乐生为生人的正道。一邦一家，有道则乐于生人，无道则乐于独乐【109】。独乐自私，自灭之道。一人独乐，责其父师；一家独乐，知其风邪；一邦独乐，知其无贤，无贤之邦，危而莫入【110】。

【109】 独乐：《孟子·梁惠王下》对独乐之解十分根本。“独乐乐…不若与人。”“与少乐乐…不若与众。”在现实生活中，追求独乐（lè），则创生丁克。丁克是自灭人伦的行为。

【110】 《论语·泰伯》子曰：“笃信好学，守死善道。危邦不入，乱邦不居。天下有道则见，无道则隐。邦有道，贫且贱焉，耻也，邦无道，富且贵焉，耻也。” 危而不入。危，不仅是危险的意思，更有若不知其何以致危，入而更危之意。危而入与不入是对人生所学的重要考验之一。

生死之间，立一为主题贯穿始终，则思想皆有界度、行为自成系统。以一己之主题与天地之大义相合，则自得天地之所助益，逆则反之。古体新用，一贯之道【111】。西东合生，大化其中。

有道是：

根本在正心在中，不知南北与西东。

万物与人同根系，百代同心拜初衷。

【111】《论语·里仁》子曰："参乎！吾道一以贯之。"有一个基本思想贯穿始终。

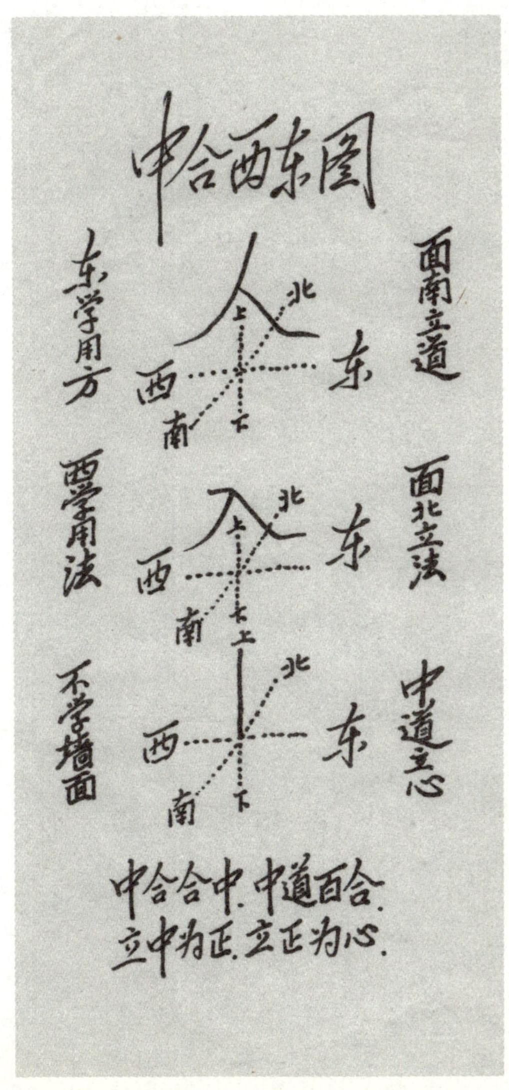
中合西东图
东学用方
西学用法
不学墙面
面南立道
面北立法
中道立心
人
北
上
西
东
南
下
中合合中. 中道百合.
立中为正. 立正为心.

中（仄声）道之中（平声），之中（平声）百合。之中（平声）为正，百合一心。中（仄声）道之合，和生内外。自二条万，唯有联合；自初家外，一心合生。一心，则联合自归心合，以成就人人至高之合。废黜唯利联邦之合，回归天下一心之道合，则西东志同，人人心同，继而解放天下贪利之奴心，自阻美利为己之诱惑，共同享受正利合生之美好生活。

過眼留玉

青鋒示正
白骨言真

五、天下一堂，四海同修

自有人类，虽有共同之天下，却至今无共同之学堂。此与地域之远近无关，只缘至今无天下同心之相聚，今简立子学，初开天下一堂试以补之。天下一心胜私心是谓成人，私心胜天下一心是谓弃人。成人者天下同成，弃人者天下同弃。天下一堂，同其所同，用其所异，互正人心，各正心行。四海同修，开新放量。生死互度，大化重生。培养天地真正气，赠送世上好人家。天外遥看地团圆，天下一堂美自然。人，生自父母，死有归处。不因一己之不知定有无，即为问是。求师问道，实名在先。善恶由人，实名难逃。生凡大事，无不实名。实则无私，天下实名即是自明。自明则上下意通，天下心同。实名则舆论自正而不受虚言妄论之胁迫与误导，实名则使虚性自归本性、心行自昭公明，心心自正其偏、自补其短。实名则见真识，汇聚天下之真识便是正识，立定正识则命有所凝处、力有所聚处。言行不系实名，则私妄怯懦四面而起。实名则天下一堂应实而生，否则空有天下一堂一虚名而已。

天下一堂，意量无边，心含子子，视古今天下本一家，不舍一人为本心。一家之中，异见不由正见，必是私见；禁忌不由爱人，难免玄幻荒唐。人无爱心与正见，忌则是行的陷阱，梦则是思的止境，避则是残的起因，讳则是悟的牢笼，无知必是想的局限。禁忌避讳，本是先人的思想与经验图示于后人。图示教正，慈心传爱。异见止于一心，私妄止于公明。心有私妄，真实可怜！唯有回归天下一堂，胸怀慈爱子子之心，敬慰代代祖宗根脉，剑斩世上愚私念，解放天下可怜人，才是即刻重生。而寄希望于学习以外的宗教与盲目崇拜，皆非正道。唯有自新是真新，脱离现实、脱离为人的识见终是娱乐与玩笑。如，则学习顿时有了希望，生活即刻有了滋味。

天下一堂，主客同观，崇尚明公，力避片面，力争全面。以公定共识凝聚天下智慧之力量，安定天下浮偏之人心。欲一己之私控制他人，必归于以私欲求教于他人。欲饱一私之利克制他家，必归于以贪利之心与他家同学同悔。内心怀私必不敢一堂赴同修，胸狭量小必不敢公明于天下。

闲来一梦，梦观史间征战之浮象：常常自私生异见，初始于文战，继至血战而盛，盛极则返，返安于笔墨，终止于明道。争辩如考核思学，或科技类智力竞赛。若适量运动，则精力充沛身心齐畅。

“学而”源于“思而”，思学由性则统一，思学致行可正用。思而有得为静之益，动而实践有行之获，动静结合，生生不息。人无相知之心则多贪财逐利，遇相知之人必真心相随。所以，贱夫执算盘而争名逐利，智者宗性遵道不眄舍利。此即宗教故意回避之处，道德真实伟大之处。就中之心，后人最知。天下同修于一堂，则疑止于公明，祸止于学知。知止知正，不拒一人。一堂之上，必是堂上老人与后人同心交流之格局。堂上无老者，此家不健全。若是子孙不知孝，明堂必见血染襟。大堂一刻不尊老，有愧当初养育人。人不尊老，事无善止；议不公论，独断取耻；论不及逆，利害不明。今，天下互联，先入天下一堂者不战而胜，后与之证道者力战难成。先后之道，难易昭然。正，为天下一堂之大义；是，为四海同修之所求；一，即天下齐心之所向；心，即世人皆有之平等。行自一心则和平，为由一心则自由，思自一心可自主，想自一心则端正。正所谓：圣人也者，道之管也，天下之道管是矣；百王之道一是也【112】。

【112】《荀子·儒效》：圣人也者，道之管也。管，（视圣人为）道器。管，有主持贯通、关键、机关之义。立道用一，行道在人。百王之道一是也：一是即统一于是，务本于是，实践与理论结合之义。

天下一堂，回归理性，不忘初心。回归理性，是沉静浮躁、梳理矛盾、各归其位、各得其所的开始。自回归理性到求真务实，以公明理性诚服智者，以剖析现实安定愚者，是争而后知，论而后明的绪端。自古至今，战因争起，争因异在，异因心私。心分生困，爆因困积。尚和先立本，衡利先论心。识性本立，性明本正；正本明利，趋利自服。以类分人，类类皆人。知类之性，假学取心，立本收心【113】。论系实物，言宗为人，如则不见天下有外家异域，但见处处尽是子堂，人人尽是学人。唯有学人最服理，可以感化天下人。因此，对公知公认的根本之确立，既是务本明利、大化重生的过程，更是百心有仰、天下同学的基础与不忘初心的实践。

愚者易安，智者难服。以战掩愚易，以智止战难，免战更难。审验批评易，切实开新难。有见问题之眼，无解问题之方多是牢骚。牢骚止于智不足，智不足难以解惑，复难应急。正所谓："樽俎折冲"折其心，偷鸡不成缘贪利。贼心用武，陈兵不战，多为讨饭、讨教。智者用德，陈礼直击，是为杀其二心，教其正道。

【113】 收心：即孟子之"求放心"。《孟子·告子上》："仁，人心也；义，人路也。舍其路而弗由，放其心而不知求，哀哉！人有鸡犬放，则知求之；有放心而不知求。学问之道无他，求其放心而已矣。"

观敌用分，以敌之是攻敌之非长我精神；自视用合，以新同心聚我力量。四邻不服者，德不服。儿孙不服者，心不服。弟子不服者，智不服。天下不服者，道（哲）不服。一不服者无恙，四不服者命危。未死誓而举兵无非讨利，其胆可嘉；以誓死而应之举道先胜，其机最妙！力胜者，敌我拼命；道胜者，立一统敌。一立天下，天下无犯，四方仰学。心立天下，吐哺奔命，乐少苦多。用心者苦，用道者乐，用武者悔，用铜者贱。俗子述道，为实其志。智者不拒，制度予夺。为利百战，利尽自止。为义而战万世不休，唯止于同赴一堂，求真务本其战根自断。如是则智者愚者，为利为义皆必诚服于真根本，亲始发于共相知。何处能知根本，何处即是圣殿！谁人向导根本，谁人则是能服智愚之人，止战免战之人。道同：无航母出于母爱，无毒弹不为杀人。飞箭击飞箭，击还不伤，化战为礼，战止礼成。

自原始公有至奴隶私有之制，人自相亲移自相贼。男女分工以致家庭革命，农工分列以致城乡对立，商教分界以致义利分心，时至今日，大象依然。唯待清明一祭，静而思之，世上民人同居于一天地之间，唯惜未有过大公开之天下一堂之时以共议人事，共论未来，同学互助，各正心行。今，科技发达，电系互联，一屏在手，会通天下，正恰是实现天下一堂、四海同修之时。遂以创意生活为主题，顺时应势，问则天下答，答则天下问，而不为一人、一家、一邦之私心，以期有共议共论之子学【114】。托古改制【115】不如承古开今【116】，大化无外还须正心后行，“正己后发”【117】。以天下之视阈解析世界，先须以天下之道洞彻一人，以天下责任为己任可始于移心换位【118】，以纯为创造新理念与制度而

【114】 子学：子学学子，子古开新之学为子学。子学无师，来者为师。子学不拒，问则天下答，答则天下问。

【115】 托古改制：从王莽的兼并土地到康有为的戊戌变法是托古改制的典型案例。此两案主要有共同点如下：1、情高于才。2、非战得位。3、脱离一线。4、自无新创之完整理论体系而欲借力开今。草衣浅陋，明眼一笑。自古以来，志大才疏有心无胆者，常冷眼观人评古论今，常叹人不如己，傲恃专才陋量难容人者，常抗上蔑下离群索居哀叹怀才不遇。由是观之，托古不如托道，托人不如托事，托情不如托义，托今更要托实。能托实事道义，无须巧借实力。大道爱行，大事直行，大人正行，大是实行，有天下一心不学不托，却将命身外寄，外托希望，借他改命，终必自取辱。

【116】 承古开今。不确出处。清 原济著《石涛话语录》，又名《苦瓜和尚画语录·变化章第三》：“古者识之具也，化者识其具而弗为也。具古以化未见夫人也。”“识拘于似则不广，故君子惟借古以开今。”

【117】 《孟子·公孙丑上》：“仁者如射，射者正己而后发。发而不中，不怨胜己者，反求诸己而已矣。” 正己后发：确立目标后，先端正自己再付诸行动的“三点一线”之道。天下一心，是一点万线之探讨。

【118】 移心换位：上古道家的初级修炼方法之一。草衣修习有年，仍未得法，企诸位大德赐教。移心换位之外的移形换位和移星换位则是两种娱乐游戏。

发言多是笑谈，以超常治常、超凡治凡多是骗局，以言易行、以虚易实乃心行生意【119】，以假仁实侵、以权戏性【120】终难逃唯利是图之嫌疑，权力入故事的历史终结。

无共同之原则与目的的西东之争，如同天下一堂阶下争抢玩具之小儿见识。一心是最根本与最完美的秩序。一心，是凝聚人的力量，完善人物关系，重组人物结构，救赎人物危机的唯一根本方向、途径与标准。（一心务本，相当于电脑死机后的重启）战而不知一心，以敌对敌是自降辈份，未战已败；以教（平声）应敌，战不失义，未战已胜。以战止战为争战，以教止战为礼战。知争所正，百心争正，天下无敌。正执一心，即以师对犯，以胜战败。取而不知一心，以私对公必自取烦恼；用而能知一心

【119】　心行生意：以超凡之理想超人为范式，约束现实生活中的人，便可以因此范式而受益，并需要付出时间与物质的财物做条件，谓心行生意，例如功德等。此范式相当于现实生活之中的人与虚拟的人在做交换生意，传播此范式的人是物质受益者。此等戏法儿的原理是循环论证。此戏法儿的机关在于，向往的目标是虚拟的或已故的或永久不能实现的等等，总之是不能直接接触的、非常见的、不在一线现实生活之中的以虚对实的人或传说。

【120】　假仁实侵，以权戏性：以关心他人之权利为口实，以维护正义为名义，以侵略和强行推广片面思维为实质的行动是谓假仁实侵。恃自身所持有的支配能力而忘乎所以，对人的本性和事物的基本规律进行挑战或戏而弄之谓以权戏性。

以公对私，何来迷茫？贪私之心，冲突之根。公明之心，慈爱之源。冲突乃成长的逗号，“黑暗时代”【121】来自自蒙自眼的“羞涩”或抹掉激动的泪水之短暂的一刻，而短暂的黑暗之后必将迎来无上的清净与光明。临海以宽广的胸怀抒胸臆，登高以长远的眼光放眼量，对镜以将心比心的态度自照见，祭祖以生死一体的境界看利益，则世上几人能私得其私？几人能资得其财以为本？几人能越过相互学习、全心全息、共同师法天地自然，又几人能脱离今古一心之人间正道。天下一堂，定一为堂，定义在正，定位在真，定行在学，定心在爱，假学取心，务必亲身。

宗教（平声）【122】正道，正教（平声）统一，人物统一，心行统一，一生如一。有以天下同修、今古同宗正立于天地之间的事实，无师一人可知天

【121】 黑暗时代：美·赛缪尔·亨廷顿《文明的冲突与世界秩序的重建》一文结尾：在世界范围内，文明似乎在许多方面都正在让位于野蛮状态，它导致了一个前所未有的现象，一个全球的“黑暗时代”也许正在降临人类。

【122】 宗教（平声）学习的概念，是以天下本义为宗，教人向上。宗教（仄声）是概念的学习，是教育人以我为宗、爱我宗门的社会形式。教（平声）为教（仄声）之本，前宗为后宗之祖。先有宗，后生教（平声），先有教（平声）后有教（仄声）。若以教（仄声）为教（平声），则先后不分，有嫌乱伦。

下之万能的可能。学正在心，行正在身，可一改古天下私于一家的血缘之治，朝向天下一堂的道德同修。封建“血治”不如亲疏同修、天下同袍。发古非复古，祭祖盼复生。开发古关系，开创新局面。以天下一堂为起点，走向今日师徒、明日同学的共同学习格局，以期能有益时新。先见学必有用，后必人人求学。让勤修苦学之人有明确的目标和希望，让心怀忿惑之人有可以舒伸之处、改进之方，让自致失误之人有悔正的机会与途径，则天下将不督而自学，未悔将自悔。明刀不枉愚人，明道不弃悔改，明法不纵私陋，则能使人人心中自生明镜，留于梦中自量人性。正所谓：刑不改，囚不用【123】，斩不学，三不自讼【124】，自讼自新。是人之子，惬赴雅厕自生明镜自照见，可是人形？停笔小憩，俯地仰天，唯叹天地自然、祖宗父母造人之大义精深源远！如则爱的世界，相亲相近，生而不悔，死而不亡【125】。但愿子孙真和睦，世界不同爱相同。

【123】 囚不用：当作不作，当婚不婚，当盲不盲，应当不当为不用。囚，囚困至极，困极自学，学而生用。盼天下唯囚懒惰不学，自甘落后之人。

【124】 自讼：《论语·公冶长》，“吾未见能见其过而内自讼者也。”若在法院门前人人自讼，则会少一些案件多一些宽容。

【125】 死而不亡：《道德经》，“死不亡者寿。”肉体虽泯灭，而人生的成就不会泯灭。

仰瞻北辰，天地侔亲，今古同道。是心比进于时，比量于空，比决于正，比质于真，比德于身，比亲于师，移师于官，还权于教，还利于德将是现实。人人知正道，事事求根本，自然天下同命，人人一心。有天下同命在胸，人与万物同体，怀藏人物统一原理，全为修德修心修身，如则已步天下一堂之上。修德，正位凝命可以笑掉冲突与战争的大牙；修心，知正知止可以揭露阴谋弄权的诡计；修身，可以明确自身的得失，布局美好的人生。知顺识逆，可做天下同心的使者，积极向上的榜样，真善美乐的睦邻。德是善心化行，百思有仰之方向；心是物性蕴化，会通变幻之所在；身是发明创造，开物用性【126】的基础。权无干利，是谓虚权【127】，虚权实干，大祸之端。分无标准，是谓乱分，乱分招灾，自灭辄止。分合之道，人分天合【128】，愚分智合，弱分强合，大作合营，大得合作。分配之道终将回归于天地自然之物产按人口分配，人工创造之产物按智用分配，

【126】　开物用性：开，发现利用并主导。主导实践以开发物质的性能以产生作用。

【127】　虚权：有名无实的职位。

【128】　人分天合：人人之间有认识之分别，但是人与人的天性却是基本相同的。天地以生人，分身于天。人身死亡，归合于天，唯不知何处强人能越此道之规律。

且双分并举，配命[129]至今。

还权于教（音交），还教（音交）于道，还功于德，还孝于亲，还忠于事。归心于一，归行于正，归还大好山河于明德之身，归还愚惑私陋于明道之学。分析源于学习，批判基于总结，没有认真学习便批判是虚批判，没有全面总结是空总结。抽象如同跳出现实的理性，具体如同付诸现实的实践，一般如似海上风，特殊如似风中琴。以史现今，大势务本。玩弄概念和逻辑的哲学，必然被踏死在溯源务本的大道之上。以玩弄拼形为词的概念欲指导当下造物，唯惜祖宗难以听懂，英文纸钱[130]暂难流通。大道在胸哲在心，不见实验但见直行；不见辨证，但见正辩。正所谓，人生一命，如何实验？为正不正，是最大的罪源；务本不实，是最大的遗憾。战见心行，争见真是。军事科学的飞速发展，是对哲学和社会学最大的嘲笑和蔑视。争财争利之战，虽可冠以保邦护利之名，实则纯是乌合强盗之历史游戏。战心争一即天下自战的开始，天下一堂是战财争利

【129】 配命：顺应人生和自然的规律。出自《诗·大雅·文王》：“永言配命，自求多福。”

【130】 英文纸钱：若清明燃烧英文纸钱，切莫忘记多配几本《英汉词典》。

的句号。一之两端，师徒之列。是非之图，成败其间。人心仰正，天下一心。

百修由教，万育同根。师生共有所学，可补师教之不足。教之以正，授之以义，胜过教之以理，授之以术。哲学决定枪口指向谁，学哲学提醒人切莫戏枪勿拿反。对教育教义的理解和证教、识教的体认，也正是认识文化多样化的源头，更是衡定正邪之分与辩识真假之变的尺度。唯自明至真、切行至实，人的底气才会由此而出，对外界的认识才会真实根本。有底气才有胆量，才会站得正，才能把脊梁真正直立起来。人之降生，皆向光明而来。人之所往，有向鬼神处去者，有向闭死处去者，有向自私处去者，有向更远大之光明处去者，亦有昏头醉脑吃喝玩乐不知不问任所能去之处去者，同为所去，去非所同，不学不明。有道是：正根务本宣教化，强身健体秉武威。百修不离学，万教皆由爱。顺天应人，顺人应心这两扇天地同春的大门万古一启，时会你我，静俟与君携手齐力，朝阳一开！

天下一堂，兴学问道，主题公开，广泛请教，以教、学齐进之师徒关系与同师自然之同袍关系补益商、学之不足。求是问真，求道问性。求，即哲学的起点、方法与认识。是，即哲学的核心、主体与本体。天下一心之“一”，即是本体客体一切体，抽象具象一切象，方法办法一切法，核心本心一切心，本质特质一切质，以及主观客观、逻辑命题、规律程序、原理定理、关系联系、价值标准、物质精神、相对绝对、过去未来与当今等一切西哲概念与公式推理和假设的大象总图。

一，横则为一，（一是地海一平为基础）立则为丨（音衮，上下贯通义），丨象教鞭，更象顶天立地之正立人形。一丨正交为十，十是道图（十字路口）。偏交为乂（音义，有治理义；音爱，惩戒义），惩戒治理。上乂（《汉语大字典》13 页，音义同五）下乂为爻，爻问变化，一问开天。天地自然，世间万物，一包而容，一容而化，化无于有道，化有于无形。开怀有一，抱则有中。环则为〇，〇是仰天观象。返则成丶（主，古主字，音义同主，丶义通烛火，象形指事为光明与希望，还是姓氏之一），便于观复。顺逆之观，〇丶化生。以〇观丶是天外观世，总结归纳，有道者可圈可点。步内观外，通体透明，偶遇心有灵犀者可以轻轻一点则天下知心。言之所及，一点而通，点石成金。心之所系，一念而通，天涯不远。得一而观，一观而化，万法归一，百化仰中。

东哲象语，哪个纯是概念不根现实？只可惜西学非视之为数字，便是当作点线或句号，实取图象本身之“木乃伊”，而舍其以象示意之大精神。求是既是东方哲学之根亦是哲学伦理之本，只可惜至今西学伦理尚未完善。学东之人可参悟人伦，正补西残，以助西学之进化。乂不离丶即乂，丶不偏〇自正，小道正于己，大道正于人。原道不正，唯求诸经济，如头上自插稻草；唯求诸江湖，如占山为王；唯求诸武力，如藐视整体以彰显个性，佯学大圣[131]；唯求诸神鬼，如掌门狐野，出入坟岗。不忘初心，更须无愧出处。世上有自能择地而居者，无自能择地而生者；有择祖而侍者，无能更换家祖之子孙者。口有牢骚缘自是，心有妄想因贪私，行有妄动必自毙。万求一归，而终必归于真心赴正道，才不愧对于今生为人。

天下之道，尽在公明，春意盎然，积极向上。以共决代公正摆脱身后之责任，以慎掩怯，以拖掩虚，以无愧掩才略之不足，以共议掩智胆之怯懦，

【131】 大圣，即齐天大圣孙悟空。孙悟空大闹天宫后被压于五行山下（一个大巴掌之下），令其参透五行生克之道（自上向下给你一大巴掌）之后得以重生（自上而来，自上而开）。此即悟空悟透个体不可挑战整体，能力不可挑战体系，步骤不可挑战顺序，技术不可挑战规律的结果。今之营销课程中有言五指一掌之理论，鲜有论掌后有臂，臂后连身之现实。

难以服众，必终将回归于以正立人，立人行道的天下一心之中。一人求道，四海同心【132】。以崇真向善，导“趋利好德”，万古不移。“天下不淫其性，不迁其德，有治天下者哉”【133】唯学可齐庄子之说，明天下之本性，正万物之德位，改过修身，心行自律。大地之主义在地心，地上所生人物之主义在于地心主导人心。人心立德，人性立本，承德立本即是天下盼知心之心。因爱生后人【134】，人人皆亲亲。一邦有道，万邦求学。立人，物自能统一；立本，人自来一统。西东之道，今古之理，都以人类之代代血脉相传为正义。心中无私，举目自见共性，心怀共性，公明自在胸中。心怀公明，他人自来与我合一，他心自会与我一心，他行自能与我同正。开明延命，“革故鼎新”【135】。自是等同自闭，一悔可

【132】 一人求道，四海同心：有一人真心求道，继而得道，则有多人向而往之。也可以称为宗教效应。

【133】 《庄子·在宥》：天下不淫其性，不迁其德，有治天下者哉？淫：迷惑。迁：利用于私。

【134】 因爱而后生人：先有爱情后有代代之后生。特例勿拘。

【135】 革故鼎新：成语，革故之故，是指过去的自我。革故之革，取《易·革卦》之义：用黄牛皮（黄牛皮特别结实）革制成绳子，寓意总结和约束过去的自我，为迎接新事物的到来做好准备。革故，是《道德经》“知古御今”的知古的阶段，而不应是革除或抛弃旧的观念或物品。鼎新之鼎，取《易·鼎卦》之义：鼎，主导化生之器。鼎主导化生为鼎之权力。将革之自我总结与约束之道，比作制作成鼎之过程，

以开天【136】。大道无界，不拒不追【137】，“诲人不倦”【138】。振中和外不离人性，人物统一不越为人。统一之始，天下一堂。统一之神【139】，务本归真。《三表》【140】为术，道在爱人【141】。本法自然，原法人情，用法爱人，作由简易，要在躬亲。

参考天地自然规律与人生社会规律和时代新风三足而立，如是则新鼎制成。谁能有用？敬请使用！于鼎中注入诚意、汗水、智慧、希望，待谁有《诗·桧风·匪风》：“谁能烹鱼，溉之釜鬵。”中诗人之情怀，权定一鼎之新命。则将如回家一般不顾山高路遥，归心而来。草衣浅陋，明眼一笑。

【136】 一悔可以开天：据：陆游《读易》诗：“无端凿破乾坤秘，祸始羲皇一画时。”之一画开天杜撰而成。寓意：人生能一悔，当即是重生。

【137】 《孟子·尽心下》：“夫子之设科也，往者不追，来者不拒。”不拒不追：顺其自然。

【138】 《论语·述而》“学而不厌，诲人不倦，何有于我哉！”诲人不倦：传授知识不顾疲倦。

【139】 神：原则与精神，而非仅为美好与希望。神，取申义。申：本是上下相通，一心无碍之义。仅论及希望或可能性为止，其理论必未至定论。不定之论多在嘴上或纸上并未实到手脚之上，于行动无实际之意义。唯明确切入时机，汇聚足够力量，才能于理论上不战而胜，力避空谈，力避盲目，提高效率。

【140】 《墨子·非命上》：“何谓三表？子墨子言曰：有本之者，有原之者，有用之者。于何本之？上本之古者圣王之事。于何原之？下原察百姓耳目之实。于何用之？废（发）以为刑政，观其中国家百姓人民之利。此所谓言有三表也。”本：规律。原：现实。用：理论结合现实之后确定的作法。三表：仅代表墨家判断一切言行是非的三条标准。

【141】 《论语·颜渊》：樊迟问仁。子曰：爱人。爱人是成就仁的主要途径和方法。

心正真君子，量洪大丈夫。立诚为公，必苦学勤悟以求近道。贪心假道，假道为私，若不能私得私利，必攻其身、败其名、陷其恶，以私障道。道障，则必有人舍身证道。

心常想：
凡无益于我，与我有何干。
你钱入我账，一切都好谈。
不入此家门，视人不如狗。
愿等大道来，小命盼卖钱。

君生道眼，无处不见其道。君怀道心，万物与君一心。世有一人，言行一致于日用，则天下一心之实现指日可就。世有一人，知言行一致之恒理，则一心之大道尚未泯灭。如是如一，一心之事，易而不难，简而不繁，近而不远。道在人心，始于一人。一人行道，人人一心。言行一致，一心成真。道在天地，待人同心。此生怯懦，静待后生。后生怯懦，且待生生。天下放心，唯诚惟真。天下所托，同心“同人”【142】。知心胜于治心，知人高于治人，能正观一己名利者，

【142】《易·同人》。同人：积极主动地、广泛地、尽其所力地与人交流取长补短，以向往共同幸福美好的生活。

天下一心会此人。

人有肤色之别，实无血色之分。天地寒暑有别，人心温度相近。毫端的墨如昨日血，昨日血含前日梦，血之梦即是你我生活的底色。公平之源在心同，保障之根在一心。天下一堂，万古无外。堂中之主，责任问新。人无责任感则如今世唯己、目中无人。人若贪私唯己则与自身之外无情感可言。生而无情，空剩利益。唯利之徒，皆是利奴，命如商品。区区责任感，大可统一人生之心行，小可成就生活之美好。人无责任感，必自使心胸狭窄、气量短小、眼界拘近、前途渺茫、贪图物欲、信鬼拜神、心行畸变。

此正是：

天下本一堂，自古未曾散。

居共天地间，勿忘初心愿。

新喜人，真动人，爱感人。天下一堂爱人人，天地有情令日新。生生所向有一处，顺逆可照务本心。大堂之中，欲立制度者先是负责之人。欲言人非，先正己心。责任即任责，任责即担当。自有担当自负责，硬汉从不怨他人。义务即务义，务义即务本。以务本为担当，责任感顿时油然而生，正气十足！人人积极主动则人生日趋完美、自生顺序、一派生机。一人之责，安济一家。人人之责，孝亲爱国。运用哲学可由部分认识整体，但必以整体决断部分。以人与自然之大体布局人人同命之体，再指导部分人之间的小团体则不失我与万物本一体。以执共相【143】之责任经营一已之家，纵立四方为柱，横置四时为梁，高裁白云为盖，燃举爱心为灯，心限思考不生妄，行界作为不违法，则可徜徉于耕读之中，自由颐养粮农生活。

粮养天下人，利让天下人。粮养则天下无忧，利让则人人有乐。集权无怨用于战，聚财无猜用于公。不明情钱权势所不能，难补情钱权势之不足。救人而不被领情者，失于利用在先；被杀而不怨恨者，失道在先；权高而自不坦荡者，德才不配；位尊而居不自在者，身心不一。是故，唯正明之学能救人，能杀人，可有权，可享尊以至安稳。救人在于救人之心、正人之性，杀人在于杀其私心、导其美善。孝道与师道，孝师本一道。高而不倾者，唯身心皆正；万古敬仰者，唯善能终始。天下一心关系于家庭、个人、学校、市场、社会五合序成以为体，

【143】 共相：共有通显的属性之相即共相。请明眼指正。

中立爱心为宗，正开人用为旨，顺序则成，逆序则亡。若以西学之仅关系于个体，个体之意志量积至多以绑架整体，则如人人自便而非自由。如人人学仿盘古皇，类似以死重生之教育，医治唯尊个体之无奈。人人之间诚可问道，不可无礼【144】。正所谓：三王四代唯其师【145】。夏、殷、周三王并虞四代，无不首重择明师而学。唯有学习，力致正行，物致正用，命致正安可以安定人命。不明天下一心之所对立为不学之心，所放心为无私无妄之命，则难逃虚论空谈之嫌。由是，涵养哲学之思想，布局现实之生活，能与天地一心是圣人，肯与平民一心是亲人，独与鬼神一心是病人，唯与超人一心则是可怜人。积极主动永远是人生的主流，健康向上是社会的正学，人生的地位非争而能来，而是德才与之相配所得。其理如同生不拜师便无同学，不生子女就无有人叫

【144】　人人之间诚可问道，不可无礼：人与人之间，皆可以请教天地自然与社会人生的知识，但不可以不遵守礼节和不顺应学习的顺序与知识结构的规律。

【145】　《小戴礼记·学记》：三王四代唯其师。唯其师：同心向道，一心求学于明师是共同的、自古未曾改变的选择。也可以说，学习是人的后天共性之一、后天之本，务本开新可化矛盾、可解恩仇、可致同堂、可同一心。以共同学习与相互学习为主题，远比融合、结合、整合、化合之概念与口号实际得多。面对天地之间迷茫浮躁的心，如知世上有道处，必将归心而来，岂止是“三年成都”！

爹娘一样的真实与现实。百兴由土【146】，大染由净【147】。期吾师长与知友闲余一顾天下一堂溯源根本，并携我重新开始，以智用互根开性立心【148】，化识得智【149】，见用于今，寄爱于人。

世上草木尚能身以水土为根本，心与大地同心，我遂仿其道以草木为师以水土为本。草木尚能怀抱上下唯一之心，我亦师其意量欲求天下一心，而不顾取笑于天下。以四海同修之思量，开怀求教，力

【146】 百兴由土：世间兴废，兴必由土，废止离土。土：真实的物质基础与实现理想的平台，也可以说是人生起步、起跳的定点。观土之形，“一”上之“十”为道为思想与智慧，“十”下之“一”如床如案与海底齐平。此二者，凭其一可以养身保命，有其二则可以开性立心，化道成德。唯有化境是新境，唯有化心是本心。大化重生，新新之路。

【147】 大染由净：将佛论之“转染成净”改造而成。佛论转染成净，可能有以死（浴火涅槃而重生）普度（未逢佛度将自度）众生，向往极乐世界之义。大染由净，强调染必自净的先后顺序和溯源根本的理性之现实价值和积极的意义。

【148】 开性立心：将《易经·系辞上》之“开物成务”改造而成。开发万事万物之素性，确立心行之核心之义。立心二字，受横渠先生张载的“为天地立心，为生民立命，为往圣继绝学，为万世开太平”。所启发。横渠先生的“关学”，实为关乎人生社会之学而非仅仅是以关中为局限所界定。

【149】 化识得智：将佛论之“转染成智”改造而成。愚以为，转而不化是物理运动有消极的嫌疑，转而成化是进化的运动有积极的意义。化而所得才更便宜时代进步的需求，而非故意造词儿，哗众取宠。不异本初之心，不忘先智之德，改造古成，凑字组新，常惹外向型师友开开玩笑，但愿往圣先贤所能一并原谅！

戒荒唐。以孝亲爱国之心，自正自行，笑看欲加之罪。悟至真义自生力，行法正大可卫身。道、理、例、法、方、药之外，仁者一乐；观、论、说、作、求新之上，乐者一杯！

有道是：

天下一堂，四海同修。闪闪一念，天下一心。

孝亲爱国，一生如一。爱的世界，就在当今！

天下一堂，如同天下人同学共耕之学田，如果天堂非学堂，直来学田是还乡，天下一堂大学堂，生死心系正中央。正如《韩非子·扬权第八》：“事在四方，要在中央。”同堂之上，或教愚命，或寻雅趣，或有知音可相逢。昼一锄一美，夜一字一吟。渤水草衣非能实副正言天下一心之人之才，仅以此墨略表孝亲爱国之薄意，期真正之天下一心面世。兹凑字《天下一心》，是对“天下为公”和“为人民服务”之大道粗浅的学习与体会，恳请诸位师长亲友批评指正。

渤水草衣　王瑞山

二〇一四年三月二十八日

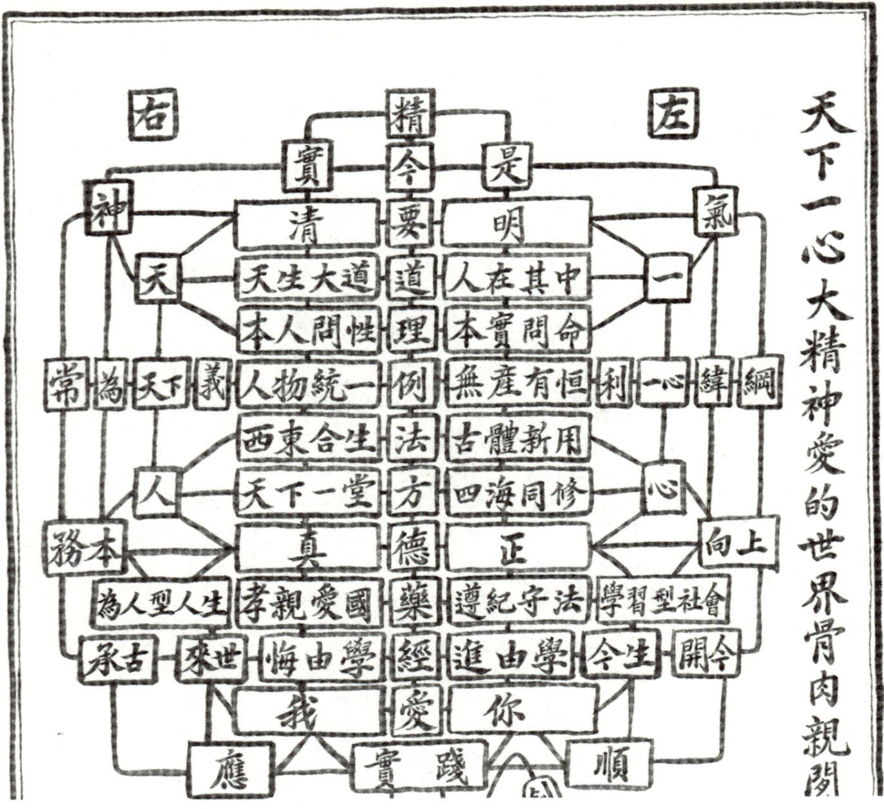
天下一心大精神爱的世界骨肉亲閦
右
左
精
實
今
是
神
清
要
明
氣
天
天生大道
道
人在其中
一
本人問性
理
本實問命
常
為
天下
義
人物統一
例
無產有恒
利
一心
緯
綱
西東合生
法
古體新用
人
天下一堂
方
四海同修
心
務本
真
德
正
向上
為人型人生
孝親愛國
藥
遵紀守法
學習型社會
承古
來世
悔由學
經
進由學
今生
開今
我
愛
你
應
實踐
順

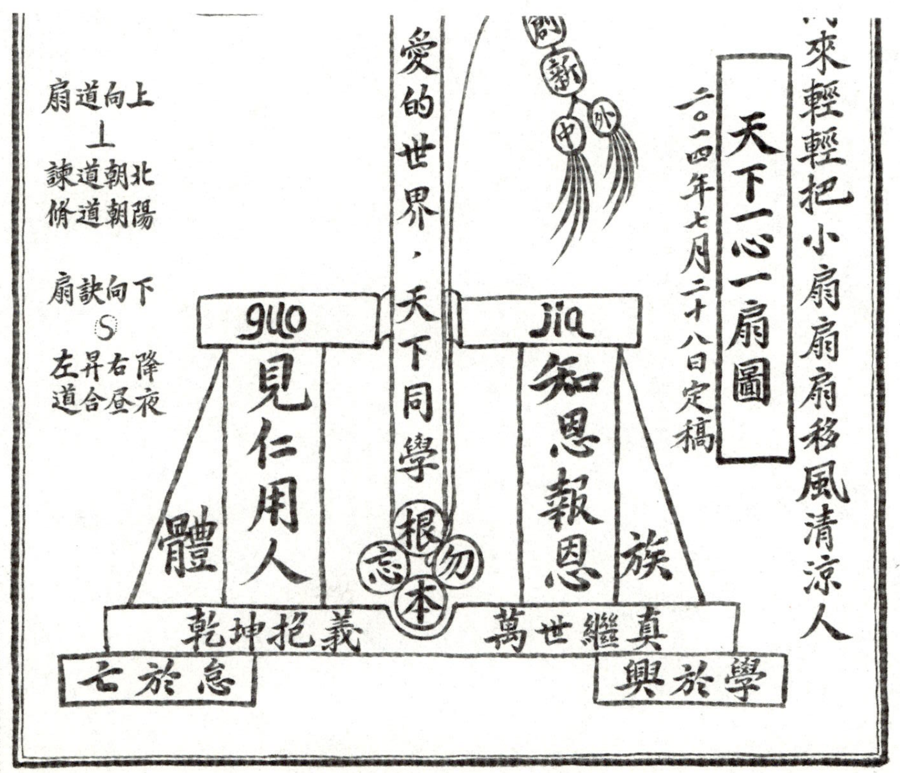

來輕輕把小扇扇移風清涼人
天下一心一扇圖
二〇二四年七月二十八日定稿
創
新
中
外
愛的世界·天下同學
根
勿
忘
本
guo
jia
見仁用人
知恩報恩
體
族
乾坤把義
萬世繼真
亡於息
興於學
扇道向上
⊥
諫道朝北
脩道朝陽
扇訣向下
S
左昇右降
道合晝夜

過眼留玉

六附

（一）解天

天字，垂象于今有苦心。天，形与仁字本通神。“亻”即“人”从天地之间一跃而出，返观原始境界以成仁，“亻”从傍观、外观、远观天地之道的整体性观察与把握。世界将现实生活置于大自然大宇宙的大生命体的理论之中体认本真，为更加科学与积极地从天外返回（由外观到自主）现实生活，返回则由“亻”之侧立，升华至人之正行，以改造现实，享受美好，这似乎也与现今太空探索的总体使命略有关联。

俗语：量小非君子，无度不丈夫。以出世出天之大度，正观、返观、通观现实生活，岂不是人仙共性，仙人同道之大致。

（二）释下

下，自天外而返之吉象。天上有“二”为上字之古形。将人上之“二”自上下观则为“亍”，即下字。下乃天外返来，实践现实生活之大象。将“二”上与“亍”下，上下二字合而为一，即“亖”。此形即“壬”。识壬知任，知任为王。此识此知，无非上下贯通，能使人之心行上下一心，一统成体。

立天为界，先有天上天下之分，后有西方东方之别。西东方虽至今无共同之语与思想，却有共同之现实生活与共同之交流向往。其中，仅以人为界或以人与人之交流为限定，必产生人与人之争斗，若以共同符合于天地之规律而指导人与人之交流，便立刻产生了指导人的交流的根本。此根本，便是人与人之一切交流与沟通的准则与宗始。是人系于共同之初，则一切言行顿系本性，与差异并认得清差异以回归自正。

（三）洽一

“三”图之上“一”在其中为实象横陈，以言横向之人生社会的统一之道。“三”图上“二”居上下两端，互为终始，始于下则力学，始于上则力行。上下之间为虚象纵立，以言纵向的上下一贯之道。因象附会，“三”与“王”两形大道相通。王，纵横内外，处处为一。上通于天，下达与地，中通于人。昼则王立，夜则王卧，卧王立王以成田，循环有节。田中之人化生世上人，粮养天下人，利让天下人，爱护天下人，心照天下人，则何有不一之处，不一之人，不一之心？心不一者自孤立，唯悔学可医。

一者，义也。义一则人无不一。义者，一也。一义之首，天下一心。

（四）定心

血自心上出、自心上入，出入于心，人共此心。

人心主导热血之运行与一切思行之运动，人体最稳定的运动莫过于心之律动。血自心上出，下行以使肢体健壮、运动自如，上行则回归心脏以务根本，如此循环成就人人。观人心之象，心动，则方向肇生，序养人生，气血流遍，滋养生命。心止，则万物归初，化形重生。

人心高于核心。核心为事物的中心或重心。为核心注入人心，是成人人自新。假物心（核心）以言人心，鲜有人服，人心直对人心胜于核心关乎人心。直问为大问，直观是亲人。亲人向亲人，则天下向亲心。

人言仅出于口，则为浮言，浮言过耳即止。人言出于己心为真，是出于己心必入他人之心，真动人心，真暖人心。心定则言出于己心，心定言定。言定则人言合一方可信，定信动人。执定问心，定于一言，定于一心，一言定人。一言定人即人人一心，天下一心。

定问人心即问一，问一即问人。问人即外问

天下人心，内问自己本心。如此，一问则天下一定，定于你我不忘根本。

（五）问人

英文的“人”是一堆拼读符号，楷书的“人”字是行走之象，甲骨文的“𠆢”是辛勤劳作之象。

请拼读的符号回归象学以务根本。请楷书的“人”字立正。甲骨文的“𠆢”字站直了看看天，则世人莫忘本是顶天立地之人间栋梁，更为如我之人撑起了悔学誓进、不忘向上之天下一学堂。

此问若有不妥，请原谅在下无知并期待您来教导老学生。

（六）记问

时，退知也。

空，进知也。

人，止知也。

心与是正，天下知心。

伏案小憩，恍惚师至，礼诚问道，授之：

问祖？

曰：天地正中，子孙心中。祖不远子，子有不知。

问宗？

曰：怀宗不孤，守宗不惑。道无二心，人无两命。世界、人生、价值，二观一统在一宗，用一用二辈不同。

问信？

曰：真动人心，真心动人。公谋立言，统谋立信。

问方？

曰：天地间来，入则学正，出则正用，背为神府。为（平声）人为（仄声）人，今生为（平生）人。

问向？

曰：卧则向上，立则向前。知正有向，知实量方。

问本？

曰：天地执让，生活用让。为不可知，知不可为。

问道？

曰：双立双成。子为为子，命不外生。绝衣舍财，绝义舍命。志同聚力，心同聚命。内化开天，外化生精。子止返正，火生化成。锥光旋发，返得初正。成物混成，莫离劳动。

问时？

曰：得是，以万古为须臾；未是，以须臾为万古。

问哲？

曰：开物溯性，应时宜人，端性正用。

问空？

曰：持学为肉人，不学见人肉。人肉怀核，肉人藏心。学则不空，不学则空。

问平等？

曰：止一为正，其象生平。正学平心，天下平等。

问用？

曰：后授。

问是？

曰：同身见是，同命见情。情是合一，是在长生。入世得是，入事如死。学国名田，子学存是。去我我去，悔学则成。

问极？

曰：极唯北极，无所不用，北极与地而言，北极最准。心与北极正，今用不足。心于日下正，可识薄命身。心正于圣人，无愧父母恩。

问真？

曰：生问血，死问骨，行问心。

问爱？

曰：生育养教，资性本人。以学刺愚，以爱刺寒。

问伦？

曰：先先后后，先人后物。饭前重口，饭后重手。脑在口上，心居手后。

问共？

曰：本性、初心、求生、安定，向往智慧，超越常命。

问正？

曰：静生正，动生直，飞生幻，殴一不成。正止于一，直合于己。昼，坐立端庄。夜，平卧安详。思，务至根本。行，务切实用。正唯人正，物皆自正。

问义？

曰：光明。

问神？

曰：申。

问我？

曰：镜。

问镜？见镜中乐。

曰：以变之常，取动之静。

以视之速，度思之量。以照之是，废衡之为。物物相易，黜资之本。风化互换，物信在先。易土止祸，易命同心。立今新命，立新化人。亲天下人者，天下亲；亲天下者，天下贼。奴财一乐，奴才一乐。

问经济？

曰：祖宗若知真唯利，悔生子孙直生钱。经纬天地真本义，期待经正济学人。

问名利？

曰：子孙有道，名利自生。来日身去，还予新生。

问钱？

曰：钱管人者，奴钱。人管钱者，钱奴。使币令真，正币为人。真人与实物，关系本最亲。从钱居间后，自古唠到今。

问得？

曰：大得合作，本生大成，还位归正。还是为真。合作统一合众，联心改造联邦。同心首重同学，一堂便是天堂。合而不化，难以成一。化而不合，难以成体。天地本一体，唯利最荒唐。非孝主人伦，空说爱育真。利益使人难长久，枉做算盘万里长。

问生死？

曰：死，身灭学止，问真去也！生，身载大命，问学问行。往开无门，日日死生。混而沌之，王在其中。生不求死，死不恋生。以有为无者死，以无为有者死，不知有无者死。身不毁于心，命不坠于己。

问生之道？

曰：移心换位，自不移者无不移。正教伤人，换位得位。得位得是，是不外知。还位还是，是还初心。身以家为正，心以正为家。修死不死，直生不生。

问根本？

曰：师草师木，上下一心。上下双成，师农师真。

问宗教？

曰：宗制教行，宗主教成。生而后教，归类教育。若非学习型，仪式如体育。

问自由?

曰：田间老农神不换，脱离一线无自由。

问存在?

曰：生存死在。有存有在无存在。

问规律?

曰：天律规人。知序通神。

问价值?

曰：有价之价是笑话，超值之值怎个值？自古英雄谁能沽，大刀破笔定天下。

问目的?

曰：尊师重友，孝亲爱国。行不愧祖，学不愧师。

问方略?

曰：先学后用，不悖人心。

问物产?

曰：为用而产则应需，法心而配为正分。

问途径?

曰：此生心上人一顾，敬畏今古上人心。

问观察?

曰：内观用初，反视用正。

问步骤?

曰：遵纪守法，求师问友。尊老爱幼，享受生活。

问分化?

曰：攻不学。

问风险？

曰：死后详细。

问人心？

曰：君子真换，小人用看。

问聚？

曰：解粮入口，放土归心。日见为人，见日为神。为子不舍，假藏山根。昨日飞山，今日飞人。

问关系？

曰：阳光在天，我命在田。墓碑之外，多是游戏。关系游戏，君子睥睨。

问团结？

曰：天地内外一家人，生死不忘骨肉亲。异见私情难逃悔，人共一地地一心。

问保险？

曰：君子苦学行大道，小人寄命在纸钱。幕天席地大保险，日月星辰枕席间。

问饭？

曰：不见阳光饭不香，饭后行事莫愧粮。

问丈夫？

曰：德行自照，莫忘回家。顶天立地，吞吐古今。最忌量小，心贪骨软。

问知量？

曰：量新新量，为旧旧为。人生有是，天下无非。天下皆我，心外无心。生死无敌，始是在今。

问得位还是？

曰：学国名田。子学存是，子道藏真。去我我去，悔学则成。

问同道？

曰：心含子子，正是一身。初见本心，天下一心。无邦无界，心朝一初。一宗百教，共仰一心。日正为藏，形色安国。天下同学，万国朝真。道问反是，宗一是成。用等。

问成？

曰：禾至时成，人自学成。修造至精，思行互证。教所未教，育所未育。本体制人，反古反今。人物不分，示往无亲。立一立心，使主令真。常命不见，虚帝在空。真帝使恒，飞山之中。成无后患，败不伤众。知有师，和志气，悦人心，虑不足。正道中（仄声）成，中（仄声）道生成。

问功？

曰：山上无尘，山下无风。世上无我，天下无他。恃一则无恃不毁，立一则无乱不治。

问盛？

曰：立真用道，文壁易德。人物统一，心行结算。分身后授，功利不争。行止舍立，祸止舍命。唯识任意，正位不血。传位不问，传是不泥。情利反取，会通正生。大事用情，必毁于慈。大是用义，必成于立。面人之前，右掌右面。面人之后，左掌左面。一面而成，自新自立。反用则神。不赌。

问忧？

曰：忧新不忧作，忧是不忧非，忧德不忧道，忧知不忧法，忧成不忧败，忧己不忧人。忧立以学，忧世以伦。问忧解忧，以忧克忧。学正人伦，量广无忧。

问交通？

曰：诀在得位，成在通心。不悖人性，可正世风。上下相对，一念而神。

问用人？

曰：上，使悟；中，用谷；下，用欲；奇，用不自见。舍命得人，换命得真。论价入市不如肉，弄情折恩多小人。

问选举？

曰：举德选智者上，举才选能者下。选不由学者戏，举不由公者私。

问服务？

曰：知未知，为未为，正未正，服未服。实未可以服天下。

问留人？

曰：中虚外侵，中实外正，中静外动，智不失称。与天同道，与人同志，与地同心，与生死同步，自称待志，实诺留人。

问动作？

曰：顺性见极，终始平心。已道在己，示胜于治。定向用方，返本用法。用壹得一，知义用宜。民无妄始，百思归元。同心用命，服志用让。是心则之，服真朝正。

问贪？

曰：大贪贪生，中贪贪名，小贪贪财。贪生者怯，宁静不动，宁守不攻，宁待其自灭以求无过而不惜浪费生命。大贪不敢试验，不敢冒险，常有小才残慧，多忧愤哀叹于荒野之中。大贪无治，智者弃之，时运弄之。中贪可用，小贪可使，教可同志，学可同心。

问安定？

曰：命舍于志，静生于动。惑止于公，明止于知。心同报恩，义正化恨。公名正利，浮心安定。真人资应，常人资命。大人资土，小人资金。圣人资性，权人资是。废人资欲，用人资称。

问人情？

曰：情仇直生，介中渐化。物利直用，介中贼生。

正道直行，介中半毁。直勿曲用，舍勿复争。

问白？

曰：物备人用，人备时用，时备宜用，宜备预用。制物问名，制人文士，制命问性，制真问一。倚人不立，顺性不悔。献悟者宝，献宝者悟。伸智不救，伸志无敌。志制则无乘智之不悟，智制必毁于德之不隆。

问任？

曰：非精即废，求是问真。

问知？

曰：开口向上，言比日中。

问识？

曰：正唯直见，非辩而知。未正求辩，未真求论。直识而知，胜辩知得识。

问物？

曰：俟人正用。

问象学？

曰：论系实物始，言宗为人开。

问学习？

曰：简明素显，用识后知。无知问学，学而后知。利益使人合伙，合伙勿求合德。非合德者志不同，非志同者心不同。唯学能使德、志、心、利、益合一。学修合德，可升华联合为结合，结合为化合。学即创新，新无能拒。联合论物，终是买卖。学修系物，大道光明。

问教育？

曰：刑不改，囚不用，斩不学，三不自讼，自讼自新。

问传媒？

曰：传者不评，评者不传。笔笔有根，言必实名。媒多虚话，传者贵真。取传舍媒，天下归真。

问子学？

曰：子学学子，子古开新之学为子学。子学无师，来者为师。问则天下答，答则天下问。

问补过？

曰：悔学重生。

问格局？

曰：初心来自始祖心，笑看天下不学身。多情日月轮相照，不舍世上糊涂人。

问智谋？

曰：效祖、效父、效母亲。

问俗？

曰：立雅和俗者贵，先俗后雅者媚。内雅外俗多真士，外雅内俗皆浮尘。

问集贤？

曰：子学存是，情利反取。

问穿强？

曰：穿强用疆，穿心用归，穿命用火。同强。舍强。

问战？

曰：始于分心，成蔑社科。

问止战？

曰：以山刺水，以正刺心。曲礼战起，屈心同灭。飞箭击飞箭，击还不伤，化战为礼。战止。

问知行？

曰：粮养天下人，利让天下人。

问至美？

曰：爱通天下，今古同心。天下一堂，习正人伦。

问爱国？

曰：始于孝亲，成于序真。

问娱乐？

曰：烟花培兽性，体智解疲神。自古贪财好色之徒，无一能成大事。

问酒？

曰：酒久伤肝命，浅饮长精神。未学勿饮。

问事？

曰：大事人需，小事需人。大事时需，小事需时。

大事适己，小事应人。

问解？

曰：解物以刀，刀刀一刀，一解万事，刀解万物。学解成败，伦化恩仇。一解无伤，刀解两害。

问比较？

曰：比较者，与天地交通感应以矫己心也。人之所能比较者，非天地早已造就即他人早已创生，先有有而后有比较。研究比较高于比较研究，无比较之创新有嫌原始，无创新之比较终是尘埃。直出己心可以战胜比较。比而后新，天下同心。新而后比，较矫新人。

问制？

曰：天制人行，心制身行，德制道行，正制通行，志制命行，学制力行，利制贪行，福制乐行，纵制平行，大制中行，本制成行，无制自行。制以信取人无分智愚，信以实取人无分老弱。问制得法，法治制成。治制者上，制治者下，制治一统者天下一人。

问道德？

曰：物性同生，性立道生，道立德生，德立真生，真立法生，法立用生。智服德用，财服智用。有智无修德者危，有财无修智者危。直见为德，直用为得。申直见道，应曲为道。道务直借，德务己生。

借道不借德，非不借，借不得。示德化心，开道还人，道不私有，德至明成。

问论？

曰：直白本义者上，罗列古今而无己出者下，止于概念而未溯本原正义者下下。论不系实物，言不宗人用，认西学之概念为根本而稍加变化以为己出者，难越明眼。

问治？

曰：治皆人治。大治宜人，末治图利，乱治缘私。以利束人志士隐，以市束人智者离。志智相离，雄杰群起。以正和人志士出，以德安人智者归。利服于用，用利归根。争正不争名，争德不争利。争不争，治自治。

问白？

曰：内白者，未白。外白者，将白。大白者，以白应白。知白者，白中白。白不见人者，真白。白不误人，白中无人。白无影，无不应。影无敌，应无敌，白化白成。白明。

问交接？

曰：人物曲成，事务直成。用以实化，化以生用。智者问答，知者答问。笔隶用墨，高士用白。以白白者不染。以问问问者高明。白生道明，显生德名。

乘墨言白者上，借白言墨者下。神交接目，反身胜视。

问佛？

曰：先有人后有佛，书佛人在侧傍立，修佛勿忘人居中。佛教（平声）正道，期有同行。本来即空，放下有甚？舍更没啥！不劳不孝求佛保，怜粮饿母献泥龛！

问惰？

曰：天斩。

问力？

曰：开新。

问医药？

曰：先问殳道。

问量？

曰：知见有量，知始见量。

问乐？

曰：见成。

问始？

曰：大方问是，直行问真。孝亲爱国，不愧于今。

问命？

师闪！梦醒，梦让问今。

恰此刻！记书既成，东方蒙白。梦里梦外，不易初衷。述农宣耕，风正源长。

此正是：

火箸画灰太虚间，且歌且舞且翩翩。

纵然仅仅识其半，日出日落也悠闲。

赞曰：

青锋示正，白骨言真。

夕照吾血，暖透人心。

简记梦问一则而已。有碍人处，饶命痴癫！

玉留眼過

草衣有酒不獨飲
留待師友叙舊親

跋

四海之内皆兄弟，天下处处有亲人。今日革去昨日命，先人开放后人新。首论哲学理根本，再看哪个意量宽。古来量小非君子，大道取舍在眼前。

大势皆大事，共论则不偏。水火土外无大事，真善美外无大为。言之所出，心之所照。以道言利为君子，以利言道为小人。利益最大化，实乃取乱之道。

人心向道齐，万事止于一。当世时人，多有文中杂以数据，数学与语文不分、文章与文账不分；汉语杂以外语，语系不纯；开口必言古希腊，不通中文经典、不懂祖宗言语；一题多个方案，静候主人选择等等，实为奴婢思维作怪，而不顾天下本无二心。如是一梦，月升文成，愿大方之家能使天下细言微力一并有一个元始总纲，以便使人人之心行方向、万论殊由有一个爱的源头来导引指正。如则，君携大道请传真，余并百愚仰师尊。肇昭正道，心朝光明。书述根本，疏梳后学。论有所系，则百论一系。时有所正，则浮止于一。一系一止，止系在一。开卷接古，文不立命坠于史；抬眼观世，时不立人待后生。今网络时代，更期定论。一心立定，百命崇正。一心舍利，百业争新。整体顿生中心，心行顿知起点。

此正是：

万毫齐力挥笔岂有虚墨，正义在胸行文但凭真心。

荒民墨淡命归山河图卷，气正身安请训性命道德。

官师一体，百世同心。天人一体，朝野相亲。得一得乐，不忘根本。遵纪守法，不妄不矜。

人本居于社会之中，争取或重新融于社会的想法纯属杞人忧天。想在心中，心在身中，身心本在社会之中，家亦在天地之中，谁又能离得开现实社会？由是观之，想融于世界的人终会被世界熔化得无影无踪。身心在国外才能受启发的人，其心早已是叛家逆心。西瓜先从籽边烂（外伤除外），白菜先从心里黑。心与祖宗近与远，自读古文各自知。未能深度理解真善美，难以正用特与色。

有道是：

破笔旧墨梦通神，青史情怀笑浮沉。

一人心定生定论，自量自命正自身。

仰观历史，家之数量经常变化，所以家实数虚。

数学为“术”，数在道之下。因物定象，象生数成，象是数的根本设计，物是象的底层设计。“若无底石坚，安得山高峻”。底层设计农家事，孝亲爱国白发心。明先后之道为学人，知变幻之道为圣人。古识时务为俊杰，今知终始即成人。观他人主观谓观主，鉴自身之主观谓客观。昔日观他人主观，今朝他人观我主观。观主、主观，观复以知兴衰成败的规律。

天地生人，父母生身。性归己有，命属他人。世有革命之事，难有革性之实。浅观古今，革变皆革至人之本性为止。人之本性皆善存于人心之底，公则显，私则隐；共则鸣，和则平。所以，无一革不是自革自命，复习人性。

荒民浅陋，身薄心红。非精即废，笔仗真情。昼舞大锄斩百草，夜伴小楷问一心。古《尚书》：“好问则裕，自用则小。”今凭粮农良心祀先农，公问恭行期有用。将正义与权力结合问道天下，将现实与创新结合道问今生。唯理未至真，论未至一，素修难醇是为荒民之憾！请勿计我鄙陋，秉古今之大义远观粮农之浅薄，意量渤水草衣之墨淡。

此正是：

耕田种爱培新命，
教子孝亲问光明。
才疏学浅谁不嫌？
教我大道正直行！

天下一心，期天下人相亲相爱。底层人斗胆研习社科，只为更切实地兼为社科百家提供或有浅益之素材，有不妥处，请予端正。

兹册，字少为省纸，话多误更多。先为自叙自乐自整理，后盼谁有闲心找酒喝。故，高请高怀雅士放雅量，斧正凡夫俗子凑俗文。天下容得小猫小狗与“花花草草”之人，多于能容一人之人，更多于能容得一亲一友之不妥之人。读君大雅，敬请暂忍草衣之啰嗦与文词之龃龉。

天下一心，一题而已，期盼巨笔。存光留玉，草衣洗耳恭听。愚之所思可如君之所想？愚之所愚可是君之所长？生若有缘，期允神交。请将脑中问号，伸为感叹之符，即兴令其倒转，直指天外光明，我将紧承其后。

今生若得情相会，抱鹤扶梅望渡津。平举满杯朝明月，一饮万里共知心。愿与读君挥浊酒，喜歌喜醉喜相亲。

此正是：

而今天下步一心，

自此万古无孤魂。

一家人，

骨肉亲，

述宣子学求正道，

孝亲爱国教子孙。

由于作者水平有限，恳请读者批评指正。

读者可通过 zixueyanxi@qq.com 与作者联系。

王瑞山

二〇一四年六月二十七日

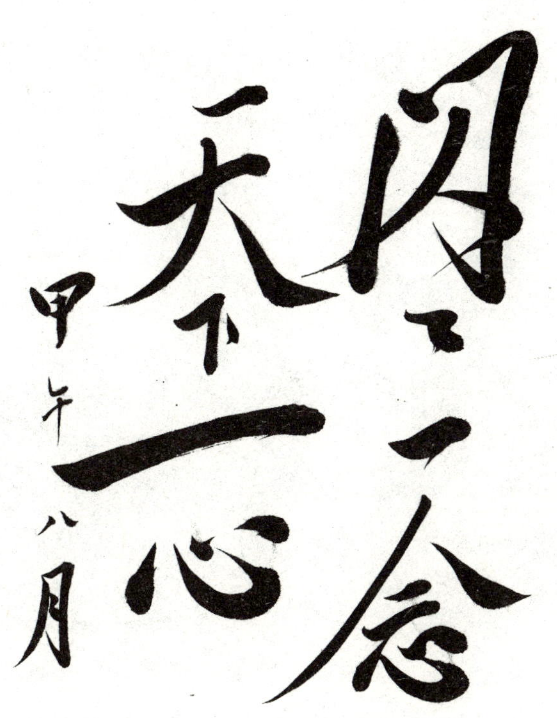
同一念
天下一心
甲午八月

摄于：延安杨家岭红军小学

杨家岭福州希望小学